DEDICATORIA

Dedico esta novela a todas las personas que han apoyado el libro anterior, probablemente estes leyendo esto antes de la navidad del 2021 así que si estás leyendo esto en esas fechas te deseo una feliz navidad.

EL PODER OCULTO DE LA MENTE

VOL. 2

Autor: Julio Tovar

Portada: Mr_DD

Índice

AGRADECIMIENTOS

Quiero agradecer a la gente tuve cerca mientras pase por todo mi proceso creativo y que me apoyo, pero sobre todo a ti que compraste este libro, ya que con tu ayuda será posible continuar con este proyecto.

1 EL INICIO DE LA CACERIA

Ethan estaba preparando un rifle francotirador antes de salir a cazar la recompensa por la cabeza de Ema, que se había vuelto demasiado peligrosa para la humanidad, la oferta venía con varios videos donde se le mostraba destruyendo lugares enteros y cometiendo asesinatos a sangre fría.

La recompensa era de dos millones de dólares, ya que era buscada internacionalmente, sin embargo ya que la policía no podía con ella, optaron por usar caza recompensas y organizaciones militares privadas.

Sin embargo hasta grupos criminales estaban detrás de ella, lo que provoco varios enfrentamientos en zonas concurridas, en este momento Ethan está en el techo de un edificio apuntando a un lugar donde ella podría estar, cosa que después de media hora se cumplió.

—Se ve que se ha vuelto fuerte... Que desperdició de potencial —pensó Ethan

Apunto con cuidado, puso su dedo en el gatillo, inhalo lentamente, y cuando la tenía en la mira disparo, pero lo que no esperaba era que ella lograra esquivar el tiro con un leve movimiento de cabeza, volteo hacia la dirección del disparo, pudo sentir su mirada encima, se puso de pie para huir y en un parpadeo ya estaba en frente de él.

—Cuanto tiempo, me alegra ver que no me estés subestimando —dijo Ema.

Ethan colgó el rifle en uno de sus hombros y dijo —Nunca lo hice.

Entonces Ema saco raíces del suelo que trataron de atravesar a Ethan, pero logro esquivarlas de un salto, lanzo una llamarada con una mano y con otra mano lanzo otra llamarada en dirección contraria para darle una patada en el rostro que le hizo sangrar por la nariz, entonces Ema tomo a Ethan del pie y lo lanzo al vacío, uso un impulso hecho con sus llamas en sus extremidades y al volver al techo Ema ya no estaba.

—Hija de perra… —pensó Ethan y se fue de ahí.

Ethan llego a su casa y vio el auto de sus padres estacionado ahí.

—Mierda… —pensó Ethan y entro empuñando su rifle.

—Si hay alguien más dígame y se ahorra la molestia de que le meta plomo —dijo Ethan mientras apuntaba el arma.

Entonces entre la oscuridad Ethan escucho la voz de su padre —¿Por qué?.

Ethan encendió la luz y estaban los dos en un sofá.

—Ya les dije porque decidí alejarme, el simple hecho de tenerlos cerca los pongo en peligro —dijo Ethan.

—Pero eres nuestro hijo —dijo la madre de Ethan

—Eso no me hace de su propiedad, además, no me uní a ningún grupo criminal, cazo criminales, no sé cuántas veces tuvimos esta conversación —dijo Ethan

—¿Por qué no pudiste ser un humano normal? —pregunto la madre de Ethan

Inevitablemente las llamas de Ethan comenzaron a fluir y dijo —Suficiente, lárguense o llamo a la policía

—Pero… —dijo el padre de Ethan antes de ser interrumpido por él diciendo. —Si no se van, pediré autorización para actuar por mi cuenta, si van a despreciarme no vuelvan por aquí ¿Fui claro?

Los padres de Ethan se quedaron en silencio.

—Si creen que soy un monstruo por ponerles límites bien, pero están en mi casa así que si digo que se vayan, lárguense —dijo Ethan y sus padres sorprendidos se fueron.

Poco después el celular de Ethan sonó, contesto y escucho la voz del general diciendo —Chico ¿Qué tal?.

—No solo es fuerte, también se sabe desenvolver en combate cuerpo a cuerpo, no será fácil —dijo Ethan

—¿Ya la enfrentaste? —pregunto el general

—Sí, esquivo una bala de francotirador como si ya supiera que iba para ella, y casi usa sus raíces contra mí, pero logre ser más rápido que ella, pude haberla vencido, pero fue más rápida que yo en combate y logro escapar —respondió Ethan

—Lo que me sorprende es que salieras con vida —dijo el general

—Por cierto… —dijo el general antes de que se escuchara que tocaban la puerta de Ethan

—Discúlpeme, tengo que colgar —dijo Ethan y colgó

Ethan fue a la puerta y al abrir vio a un niño de aproximadamente unos 12 años.

—¿Ethan Exford? —pregunto el niño

Entonces Ethan materializo con sus llamas algo similar a una jabalina que apuntaba al cuello del joven.

—Tienes 3 segundos para decirme cómo es que me conoces —dijo Ethan

—M…Mi nombre es Yuls, vi su nombre en un catálogo de caza recompensas, y haciendo mano de lo que sé en rastreo pues… eme aquí —dijo aquel joven

—Bien… ¿A quién debo matar? —pregunto Ethan

—A nadie, entréneme —dijo Yuls

-¿Tienes poderes? –pregunto Ethan

—No… pero… —dijo Yuls antes de ser interrumpido por Ethan que dijo —Olvídalo, como llegue a darte un mal golpe te puedo matar

—¡Es por mi mamá! —dijo Yuls

Ethan decidió no cerrar la puerta y pregunto —¿Qué sucede con ella?

—Mi padre le… —dijo Yuls mientras la voz se le cortaba y sacaba dinero de sus bolsillos.

—No te voy a cobrar, te entrenare, pero primero dime ¿Dónde está tu padre? —dijo Ethan al ver la desesperación de Yuls.

—Vuelve en la madrugada —dijo Yuls

—Típico borracho de turno… —pensó Ethan

—Pasa, tengo un tatami de entrenamiento —dijo Ethan mientras le abrió paso a Yuls

Yuls paso e Ethan lo guio a su sala de entrenamiento.

—Bien niño, me contendré bastante, quítate los zapatos —dijo Ethan mientras se quitaba los suyos y se subió al tatami y se dirigió al centro del mismo

Yuls se quitó los zapatos y siguió a Ethan, se detuvo para mantener la distancia y dijo Ethan —Bien, te dejare dar el primer golpe, cuando quieras

—Si señor —dijo Yuls

—No me digas señor, apenas tengo 20 años…. —pensó Ethan

—No te lo pondré fácil —dijo Ethan mientras se puso en guardia y Yuls lo imitó

2 APRENDIZ

Yuls se lanzó al ataque con una patada para empujarme, Ethan pero la esquivo y le dio un puñetazo que lo obligo a tomar distancia.

—Eso parece taekwondo, aunque muy mal implementado —dijo Ethan

—¿Por qué? —pregunto Yuls

—No te limites a usar tus piernas nada más si vas a pelear contra alguien que está dispuesto a matarte, a menos que estés totalmente seguro de que puedes darle, las piernas pueden ser más potentes que los brazos sí, Pero ¿Qué harás si te toman de una pierna o te las inmovilizan? —dijo Ethan

—Creo que tengo una idea, pero va en contra del deporte —dijo Yuls

—En una situación de vida o muerte no importa —dijo Ethan.

Yuls tenía varias dudas pero accedió, se abalanzó contra Ethan haciendo una patada con giro, pero Ethan detuvo la patada y antes de que lo desestabilizara, Yuls alzo su otra pierna para ponerla en la nuca de Ethan y así derribarlo.

—Eres hábil, ahora suéltame —dijo Ethan y Yuls lo soltó

Ambos se pusieron de pie y Yuls pregunto —¿Por qué se contiene?

—Mi nombre no aparece en esos catálogos por nada —dijo Ethan

—¿Cuál es tu poder? —pregunto Yuls

Entonces Ethan aumento su hostilidad interna y libero sus llamas mientras las hacía fluir fuertemente, Yuls pudo sentir la presencia de Ethan, al igual que la presencia de varias personas ahí.

—¿No estamos solos en esta habitación? —pregunto Yuls

—Sí que lo estamos, solo estás sintiendo mi poder —respondió Ethan mientras regresaba a la normalidad

—Ya veo… —dijo Yuls

—Por cierto, no eres débil —dijo Ethan. —¿Por qué me pediste que te entrenara? —pregunto

—Porque me paralizo… No puedo lastimarlo —respondió Yuls mientras temblaba mirando al suelo

—Bien, te acompañare a casa, tengo tiempo libre y si se pone feo puedo intervenir —dijo Ethan

—No lo mates, solo debe aprender la lección —dijo Yuls

—Chico… bien, pero si saca un arma yo disparare primero —dijo Ethan

Ethan acompaño a Yuls, y una vez que vio que Yuls entro a su casa guardo distancia en una colina que estaba a unos metros, tenía a la mano una mira para ver por las ventanas de la casa.

Después de unas horas, vio como un sujeto caminaba tambaleándose que se dirigía a la casa donde vive Yuls, uso sus llamas para acercarse a él manteniendo la distancia.

Ethan lo siguió y cuando entro a la casa se escucharon gritos, decidió acercarse más para escuchar que era lo que sucedía.

Mientras tanto con Yuls…

—Ya llegue… —dijo el padre de Yuls mientras caminaba torpemente por la sala de estar.

De repente Yuls se pone en su camino.

—¿Qué haces ahí? ¡Estorbas! —dijo el padre de Yuls mientras le daba un puñetazo en el rostro, pero él no se movió

La sangre de Yuls hervía con la adrenalina que le producía esa situación.

—No dejare que la golpees… ¡De nuevo! —dijo Yuls mientras le regreso el puñetazo a su padre.

Ethan podía percibir como la energía de Yuls había aumentado hasta los límites que tenía un ser humano normal.

Se escuchaban cosas romperse, gritos por parte de Yuls y de su padre.

De repente hubo silencio, entonces Ethan derribo la puerta para ver como Yuls estaba en el suelo y su padre se le acercaba con un cuchillo en la mano, cuando se iba abalanzar sobre Yuls, Ethan en un parpadeo le detuvo la mano mientras le dijo —Alguien de su edad atacando a un niño que solo busca proteger a su madre…. No cabe duda que eres una basura.

Seguido de eso Ethan le disloco el codo al padre de Yuls para que con el dolor soltara el cuchillo.

El padre de Yuls quiso darle un puñetazo a Ethan con su otra mano, pero lo esquivo y le dio una patada en el mentón que lo dejo inconsciente.

Ethan llamo a la policía y cuando le atendieron dijo —Detuve un intento de homicidio, triangulen la posición de la llamada, rápido, no sé cuánto tiempo se mantenga el agresor inconsciente

A los diez minutos ya había elementos en el lugar interrogando a la familia mientras se llevaban preso al padre de Ethan.

—Mi trabajo aquí termino —pensó Ethan al ver que todo salió bien y se fue

Llego a su casa y pudo ver una nota en la entrada que al abrirla decía:

"Requerimos de sus servicios para tratar con un sujeto bastante problemático que doblego a todo un pueblo él solo con un poder desconocido, necesitamos a alguien que logre capturarlo vivo o muerto, la recompensa es de un millón de pesos debido a la peligrosidad de la misión, si decide aceptarla, lo estaré esperando en el restaurante chino del centro de la ciudad a las 2:00pm".

—No tiene firma… pero la recompensa no está mal —pensó Ethan

—Puede servirte de entrenamiento para poder aplastar a Ema la próxima vez que la enfrentes —dijo Yami desde la mente de Ethan

—Puede que tengas razón… primero dormiré un poco y después me lanzo hacia ese lugar —dijo Ethan

3 REUNIÓN

Ethan se levantó a eso de las 10:00am y estaba teniendo una mañana tranquila desayunando, de repente se escuchó que tocaron su puerta.

Cuando la abrió vio que era Yuls.

—¿Qué quieres niño? —pregunto Ethan

—Vine a darle las gracias por lo de anoche —respondió Yuls

—No fue nada, la verdad es que tienes potencial niño, sigue entrenando tu cuerpo para que puedas defenderte —dijo Ethan

—Lo hare —dijo Yuls

—Te ofrecería pasar pero tengo trabajo —dijo Ethan

—Sí, no se preocupe, me tengo que ir —dijo Yuls y se fue

Ethan cerró la puerta y se preparó para la reunión, se puso un traje con algunos bolsillos ocultos, en los cuales llevaba cuchillos y dos pistolas.

Era la 1:00pm, Ethan estaba caminando hacia donde decía la nota, al llegar pude ver en una de las mesas a un sujeto trajeado con un maletín que se le quedaba viendo.

Fue a esa mesa y dijo —Tengo entendido que quiere contratar mis servicios.

—En efecto, hay un sujeto del que queremos que te encargues —dijo aquel sujeto mientras saco una carpeta de su maletín y se la dio a Ethan —Creemos que está ligado a Ema de alguna manera, de ser cierto, significaría que tiene alianza con varios criminales

—Entonces ¿Busca que le saque información o solo que lo mate? —pregunto Ethan.

—La prioridad es que lo elimines, pero si le logras sacar información es ganancia —respondió aquel hombre

—Veinticinco caza recompensas asesinados, no es tanto como lo que lleva Ema pero… sigue siendo alguien de cuidado —pensó Ethan

—Tomare el trabajo, no pediré pago por adelantado, pero si fallo me pagara la mitad de lo acordado, ya que no sé qué tan herido regrese —dijo Ethan

—Pero si sobreviviste a Ema —dijo aquel hombre

—Sobreviví, porque yo no era su objetivo, vi los archivos de sus asesinatos —dijo Ethan

—Tampoco es que tengamos muchas opciones —dijo aquel hombre y le dio un boleto de autobús a Ethan

—Ese pueblo está a unos pocos kilómetros de la ciudad —dijo Ethan

—Correcto —dijo aquel hombre

—Entonces guarde ese boleto, con mis llamas puedo volar hasta allá —dijo Ethan mientras se lo devolvió

—En ese caso, buen viaje, tráeme la cabeza de ese hijo de perra —dijo aquel hombre mientras se levantaba de la mesa y se iba

Ethan decidió ponerse en marcha, estaba disfrutando la vista mientras volaba.

—Recuerdo que recorrí esa carretera con mis padres varias veces —pensó Ethan

De repente una bala le roso la mejilla a Ethan, miro hacia abajo y habían varias personas queriendo derribarlo, hizo acciones evasivas y lanzaba bolas de fuego que estallaban para poder repeler a los enemigos.

Aterrizo en la entrada del pueblo y vio que todos los habitantes lo miraban de manera hostil mientras recorría sus calles.

De repente escucho detrás de él a alguien decir —Veo qué me han enviado a un pez gordo.

Ethan se dio la vuelta y vio al mismo sujeto de la foto que se le mostro en la carpeta.

—Sé que querrás ir al grano, pero antes quisiera saber tu nombre —dijo Ethan

—Mis enemigos me dicen Pesadilla, pronto sabrás porque

—Ni siquiera te dejare demostrarlo –dijo Ethan y en un

parpadeo ya estaba frente a Pesadilla, sin embargo cuando le quiso atacar con una llamarada, apenas y salió fuego de sus manos

Entonces Pesadilla aprovecho para darle un puñetazo que lo hizo chocar contra una camioneta que estaba a medio metro.

—¿Ya lo comprendiste? —pregunto Pesadilla

—¿Qué me pasa? ¿Por qué mi cuerpo tiembla? —pensó Ethan

—¿Te comió la lengua el ratón? —pregunto Pesadilla mientras estaba en frente de Ethan

—H…Hijo de… —dijo Ethan

—Ni siquiera puedes hablar —dijo Pesadilla entre risas —Pues ese es mi poder, toda persona con intenciones hostiles hacia mí, siente un enorme temor que le deja sin poderes o capacidades físicas, así que se bueno y déjame divertirme un rato contigo

—añadió mientras le daba una serie de puñetazos a Ethan.

Ethan trataba de esquivarlos pero Pesadilla lograba acertarle cada golpe que le lanzaba, lo azotaba contra el suelo y lo pateaba, incluso esperaba que Ethan se pusiera de pie para seguir dándole una paliza.

Llego a un punto en donde se tambaleaba por intentar seguir en pie, y en cuanto Pesadilla le dio una patada en el mentón cayó al suelo inconsciente.

4 RELEVO

Sin querer Ethan entro al mundo mental, donde lo recibió M.C.M diciéndole —Deja que me encargue, quiero jugar un poco con él

En seguida abrió los ojos en el cuerpo de Ethan para ver que le iban a pisar la cabeza, M.C.M detuvo el pie de pesadilla y le dio una patada en la ingle que lo obligo a retroceder, se levantó y dijo

—Creo que ahora es mi turno.

—¿C...Cómo es posible? —pregunto Pesadilla —¡Tenías miedo! —exclamo

—Fácil, solo quiero divertirme contigo —dijo M.C.M con una sonrisa de oreja a oreja

Ahora quien empezaba a sentir miedo era Pesadilla.

M.C.M le lanzaba patadas y golpes a una velocidad sobrehumana, Pesadilla bloqueaba lo que podía pero aun así recibía demasiado daño.

—¿Qué pasa? ¿A dónde se fue toda esa fuerza que tenías? —pregunto M.C.M

—Eres un maldito enfermo… espera… tus ojos cambiaron, es como si viera a un niño —dijo Pesadilla

De repente desde el mundo mental Ethan le dio control de sus llamas a M.C.M, haciendo que sus puños se encendieran.

—¡GENIAL! —exclamo M.C.M y lanzo una enorme llamarada que recorrió toda esa calle

—Tranquilo imbécil, el objetivo es él —dijo Ethan

—Perdón —dijo M.C.M

Al disiparse el humo vio que Pesadilla solo se había chamuscado, y de repente unas raíces apresaron a M.C.M.

Poco después apareció del suelo Ema que dijo —Pesadilla, debes retirarte.

—Pero… —dijo Pesadilla antes de ser interrumpido por Ema diciendo —Recuerda tu lugar, te estoy diciendo que te vayas

De mala gana Pesadilla dijo —Está bien…

Ema abrió un agujero en la tierra en el que Pesadilla entro, después se lanzó Ema y el agujero se cerró.

Poco después Ethan recupera el control de su cuerpo y quema las raíces para liberarse.

—Falle otra vez… —pensó Ethan

—Fallamos —dijo M.C.M

—Hay que volver —dijo Ethan mientras uso sus llamas para volar de regreso

Sobrevoló la ciudad hasta ver al sujeto que lo contrato caminando en una plaza y aterrizo en frente de él.

—Solo tendrá que pagarme la mitad —dijo Ethan

—Me sorprende que regresaras con vida —dijo aquel hombre

—Créame que a mí también, pero conseguí información sobre la posible alianza entre Ema y el objetivo, ella me logro contener, para que Pesadilla lograra escapar, y el poder de él es la capacidad de infligir un enorme miedo a todo aquel que tenga un deseo hostil en contra de él —dijo Ethan

—Entonces ya puedo decirte quien soy, llámame Alan, soy parte del comité de caza recompensas y quería ponerte a prueba haciéndome pasar por un cliente, ya que sobreviviste, déjame llevarte a confexionarte un traje adecuado para el combate.

—¿Cuál es el truco? —pregunto Ethan

—Ninguno, el objetivo de medio mundo es detener a Ema, si nos ayudas te podemos compartir información que te sea útil para encontrarla —dijo Alan

—Si tienen tanto poder ¿Por qué necesitan mi ayuda? —pregunto Ethan

—Porque sospechamos que intenta tener tantas alianzas como para ser casi intocable, y la corrupción de este país no es un secreto, de milagro a nosotros no ha llegado —respondió Alan

—Supongo que tiene sentido —dijo Ethan

—Además de que lleva bastantes agentes muertos de manera internacional, tenemos la suerte de que este aquí que es un terreno accesible para prácticamente todo aquel que quiera viajar para acá, sin embargo no nos esperábamos lo que sucedió en el último operativo —dijo Alan mientras me dio una fotografía que mostraba a un oficial tirado con una enredadera de rosas que le cubría los ojos

—¿Qué le sucedió? —pregunto Ethan

—Ema lo dejo en coma tocándolo, provocando que le creciera esa enredadera en los ojos, a las pocas horas murió de un paro cardiaco fulminante —respondió Alan

—Jamás pensé que llegaría a desarrollar un poder tan amplió con las plantas, hace años solo se convertía en una especie de demonio, y se aumentaban sus capacidades físicas ¿Qué habrá pasado? —pensó Ethan

—¿Sucede algo? —pregunto Alan

—No es nada, solo me perdí en mis pensamientos viendo cómo evitar un ataque así —respondió Ethan

—Acompáñame, te llevare al comité para que te saquen las medidas —dijo Alan y empezó a caminar

Ethan lo siguió y al llegar los guiaron hacia un lugar dentro del sótano, ahí se encontraban un equipo de sastres e ingenieros de distintas áreas, la zona era extraña, había equipo tecnológico y equipo del área textil.

De repente un sujeto llego con Alan diciendo —¿Qué tal? ¿Quién es el nuevo?

—Un peso pesado, nos ayudara con el caso de Ema, necesita un traje para el combate —dijo Alan

—Entiendo, de hecho el que tiene se ve perfecto, apuesto a que tienes bolsillos ocultos, solo necesitas un material que te ayude a aguantar algunas balas

—Por cierto ¿Cuál es su nombre? —pregunto Ethan

—Llámame Mike, soy el jefe de diseñadores de este lugar, tu traje estará listo en una semana, no hagas nada hasta entonces, por cierto, necesitaras una máscara, ¿Algún diseño que prefieras?

—Solo me basta con que me cubra de la nariz al mentón —dijo Ethan

—Perfecto —dijo Mike

—¿No me sacara medidas? —pregunto Ethan

—No es necesario, mi poder me permite sacarlas solo viéndote

—dijo Mike

—Entonces… -dijo Ethan antes de ser interrumpido por Mike que dijo —Si quieren pueden retirarse, dejen todo en nuestras manos

—Gracias Mike, te debo una —dijo Alan

—Ni lo menciones —dijo Mike. —Por cierto chico, ¿Cuál es tu poder? —pregunto.

—Controlo el fuego —respondió Ethan mientras encendió una de sus manos

—Entonces ya sé que hacer, ahora sí, pueden irse —dijo Mike y eso hicieron Alan y Ethan

5 UNA NUEVA TÉCNICA

Ethan decidió entrar al mundo mental esa noche, una vez dentro se topó con Manía, Yami y M.C.M.

—Bienvenido chico —dijo Yami.

—Para que entres la cosa debe de estar fea —dijo Manía

—Entre por algo extraño que hizo M.C.M —dijo Ethan

—¿El relevo? —pregunto M.C.M

—Espera ¿Tomo el control de tu cuerpo? —pregunto Manía

—Sí, pero fue para ayudarlo a pelear contra un sujeto que lo dejo inmóvil —respondió M.C.M

—También me di cuenta de que le puedo prestar mi poder mientras pelea —dijo Ethan

—Es decir que podemos servirte de apoyo —dijo Manía

—Exacto, cuando amanezca debemos entrenar —dijo Ethan

Ethan salió del mundo mental pero continuo durmiendo.

Horas después...

Ethan se levantó, fue a la cocina por una manzana y se vistió para ir a un lugar desolado para entrenar tranquilamente.

—¿Qué hacemos en un desierto? —pregunto Yami

—Fácil, no quiero que se contengan —dijo Ethan

Ethan se concentró para fusionar su energía junto con la de Yami, Manía y M.C.M.

El primero en salir fue Yami.

—Tu cuerpo es bastante cómodo chico, me alegra ver que no te descuidaste a pesar de que no había peligros latentes —dijo Yami

—Eso crees, siempre hubo gente queriendo aprovecharse de otros, lo único que pasa, es que no había aparecido alguien como el cazador de sueños, hasta que se supo de Ema —dijo Ethan

—Es decir que eras como una especie de… ¿Vigilante? —dijo Yami

—Exacto, ahora quiero ver si puedes usar tu humo aquí afuera —dijo Ethan

—Puedo hacer más que eso… —dijo Yami mientras soltó una ligera risa

Logro hacer que el cuerpo de Ethan emanara humo, y desaparecía para reaparecer en otros puntos.

—También desarrolle un humo toxico que quien lo inhale comenzara a derretirse desde adentro, pero gasto demasiada energía, así que no puedo usarlo a lo loco —dijo Yami

—Ahora quiero que salga Manía —dijo Ethan

Yami regreso al mundo mental y Manía tomo su lugar en el cuerpo de Ethan.

—Se siente raro controlar un cuerpo masculino —dijo Manía

—Ahora, intenta ver que puedes hacer —dijo Ethan

Entonces Manía hizo que de la nada apareciera una AK-47 y apunto a un cactus que estaba a la lejanía para destruirlo a tiros.

—Conmigo tu puntería puede mejorar el doble, además de que puedo hacer que aparezcan armas de la nada —dijo Manía. —Así que solo tomare control de tus ojos y brazos cuando necesites disparar a grandes distancias, solo necesitaría que me prestes tus llamas para poder huir en caso de ser necesario —añadió.

—Ahora quiero que salga M.C.M —dijo Ethan.

Al momento que M.C.M tomo control del cuerpo de Ethan, empezó a saltar muy alto, además de que tenía la velocidad de un guepardo y reflejos superiores a los de un gato.

—Tu cuerpo es perfecto, puedo usar mis habilidades sin siquiera transformarme —dijo M.C.M

—Es decir que… ¿Podrías transformarte? —pregunto Ethan.

—Puedo intentarlo —respondió M.C.M.

Lo que logro M.C.M fue aumentar la musculatura de Ethan, modificar las uñas de Ethan para que funcionen como garras, además de que le modifico las piernas para que corriera y saltara más rápido, con esa fuerza evidentemente sus patadas mejoraban bastante.

—Es raro, pero puedo sentir las mejoras —dijo Ethan

—¿Ya puedo volver? —pregunto M.C.M

—Solo salta y usare mis llamas como propulsor —dijo Ethan y M.C.M obedeció.

Eso permitió que Ethan regresara a la ciudad en menos tiempo, cuando regreso a su casa se encontraba en su habitación de entrenamiento golpeando un poco uno de sus costales.

—Si nos volvemos a encontrar con Pesadilla necesito que M.C.M tome el control junto con Manía —pensó Ethan

—Entonces necesitas poder y puntería —dijo Yami

—No solo eso, necesitaran de ti para escapar al instante si la cosa se pone turbia, además, tu gas toxico podrá servir en lugares cerrados donde el objetivo sea neutralizar al enemigo —pensó Ethan

—Me imagino que a tu traje le agregaras una máscara de gas —dijo Yami

—En efecto —pensó Ethan

Mientras tanto esa noche, en un callejón oscuro…

—¿Para qué me llamaste?

—Esteban, o mejor conocido como Oscuridad Viviente… tenía mucho tiempo buscándote.

—Ve al grano

—Bien, quiero que te unas a mí, si trabajas para mí, podremos no solo dominar el mundo, sino también la realidad como la conocemos.

—Te escucho…

6 OSCURIDAD VIVIENTE

Ethan fue al comité de caza recompensas para recoger su traje.

—¿Qué te parece? —pregunto Mike

—Me agrada —dijo Ethan mientras procedió a ponérselo

—Es una aleación de tela con fibra de carbono y nanotecnología de punta hecha para que puedas salir sin heridas graves, Y sobre la máscara que me pediste, le hice un modo antigás que te cubre los ojos y se activan los filtros en la zona de la nariz para que puedas entrar a zonas con aire contaminado, y para no complicarte el asunto de la higiene, es impermeable así que puedes lavarlo como cualquier otro traje, la máscara es metálica, así que ten cuidado de no oxidarla —dijo Mike

—Llego en un momento perfecto, Ethan, necesito que nos ayudes a confirmar algo —dijo Alan

—¿Qué cosa? —pregunto Ethan mientras se puso la mascara

—Sospechamos que Ema hizo contacto con este hombre, es un prófugo que escapo de prisión hace pocos meses, es un asesino sigiloso que es capaz de esconderse en las sombras —dijo Alan mientras le mostro la foto a Ethan.

Ethan quedo petrificado, era Esteban.

—Entendido —dijo Ethan mientras sus emociones iban a varios kilómetros por hora

—¿Qué diablos te pasa? Entiendo el porqué, pero contrólate o nos terminaran matando en la misión —dijo Yami desde la mente de Ethan

Alan le dio una carpeta con información de su manera de pelear, lugares que podría frecuentar o en los que podría aparecer, además de que había información con fotografías de todos sus asesinatos, en total había asesinado a cincuenta y tres personas de formas brutales usando sus poderes.

Ethan se encontraba en su casa estudiando la información y dijo Yami —No será fácil, no creo que mi gas llegue hasta las sombras

—Limítense a seguirle el paso —pensó Ethan

—Entendido —dijo Yami

—Cuando tomen el control les permitiré usar mis llamas —dijo Ethan. —Saldré para intentar localizarlo, estén preparados –añadió mientras se dirigía hacia la entrada principal de su casa.

—Creo que todos podemos estar al mismo tiempo, sería como si peleara contra todos nosotros al mismo tiempo —dijo Manía mientras Ethan sobrevolaba la ciudad usando sus llamas.

Aterrizo en la azotea de un edificio y con la habilidad de Manía hizo aparecer una mira de francotirador que utilizo para ubicar a Esteban.

Sin embargo Ethan sintió como alguien lo tomo de los hombros y lo lanzo hacía un callejón vacío, iba a usar sus llamas para impulsarse hacia arriba, pero recibió una patada en el rostro que lo hizo caer de lleno al suelo.

Estaba en un callejón en donde no llegaba la luz del sol, y de las sombras emergió Esteban.

—Ha pasado un tiempo, marica de mierda —dijo Esteban.

—¿Todavía sigues con eso? —pregunto Ethan y cambio con Yami para usar su humo para esfumarse y aparecer detrás de él con su cuerpo modificado por M.C.M para así darle un zarpazo, pero Esteban hizo emerger una sombra humanoide que bloqueo el ataque.

—No está nada mal —dijo Esteban mientras lanzo al aire una granada cegadora mientras se sumergió en las sombras antes de que estallara, y cuando estallo aprovecho la sombra de Ethan para intentar poseer su cuerpo, pero cuando intento controlar su mente se topó con Yami, Manía y M.C.M

—¿Vas a algún lado? —pregunto Yami

—Parece que alguien metió las narices en donde no lo llamaban —dijo Manía mientras apareció en sus manos un par de UZI´S

—Te masticare como un perro a un juguete chillon —dijo

M.C.M mientras se transformaba y al terminar su transformación dijo entre gruñidos —Hasta que ya no seas capaz de hacer ningún ruido.

—¿Quiénes son ustedes? —pregunto Esteban

—¿Recuerdas cuando lo molestabas? —pregunto Manía

—No solo lo molestabas a él —dijo M.C.M

—Nos molestabas a nosotros —dijo Yami

Entonces se escuchó la voz de Bestia detrás de Esteban diciendo –Pero en particular, más a mí.

Bestia tomo a Esteban de uno de sus hombros para obligarlo a voltear y lo tomo del cuello levantándolo lentamente mientras decía —Mírame a los ojos maldito hijo de toda tu malparida e irrespetada madre.

Esteban río ligeramente mientras intentaba respirar y lo obedeció.

Al hacerlo Esteban se sumergió en sus recuerdos un par de segundos, cuando recupero la consciencia sentía un temor enorme.

—¿Qué eres? —pregunto Esteban mientras sudaba frío

—Somos, o más bien, él será tu peor pesadilla —dijo Bestia mientras le apretó el cuello a Esteban hasta que lo hundió como si fuera una lata vacía provocando que saliera disparado del cuerpo de Ethan.

Esteban choco contra un auto que iba pasando, Ethan recupero el control de su cuerpo y lo siguió.

—Mira… nadie, absolutamente… ¡Nadie! Trata de manipularme y vive para contarlo, aunque pierda esta pelea, sé que tu prioridad no es matarme, seguramente aquella maldita te dijo que no me mataras, por tu mirada puedo deducir que tengo razón – —dijo Ethan mientras sus llamas empezaron a salir a un ritmo que su cuerpo apenas podía soportar.

—Ethan, contrólate, te carbonizaras —dijo Yami

—Sé cuánto tiempo puedo resistir en este estado, M.C.M, te encargo las piernas —dijo Ethan y sus piernas mutaron por la habilidad de M.C.M.

Cuando apenas Esteban se estaba levantando vio el pie de Ethan antes de que le diera de lleno en la cara, provocándole quemaduras y haciendo que atravesara un edificio de departamentos en un instante, y en un parpadeo estaba en frente de Esteban otra vez.

—Mira, tampoco me autorizaron matarte, dile a aquella

descerebrada que daremos con ella, y que cuando lo hagamos, personalmente hare que se pudra en prisión o le arrancare la cabeza, lo que pase primero —dijo Ethan y le dio una patada hacha a Esteban en el estómago que lo hizo escupir sangre.

—Es más —dijo Manía al tomar control del cuerpo de Ethan

Cargo con Esteban y lo llevo hacía el comité de caza recompensas.

—Les tengo un regalito —dijo Manía mientras lo lanzo cerca de unos guardias del lugar

—¿Qué mierda hiciste Ethan? —pregunto Alan

Entonces Ethan tomo el control de su cuerpo y al ver la situación dijo algo confundido –Sorpresa…

—Guardias, llévense al herido para que lo encarcelen y lo traten —dijo Alan

De repente alguien dijo -¡Páguenle a este hombre a la de ya!

—Y traigan algo para hacer que su nariz deje de sangrar

—Manía, ¿Por qué lo trajiste? —pensó Ethan

—Para obtener información de Ema, está claro que hay que detenerla, pero… ¿Por qué? —dijo Manía

En ese momento Ethan se quedó callado al instante mientras sentía como personal médico le ayudaba a detener el sangrado de su nariz.

7 APAGÓN

Llevaron a Esteban a una sala de interrogatorio con los ojos vendados y con la iluminación suficiente como para que no se emitiera ninguna sombra, en frente de Esteban había un micrófono y en las esquinas de la sala estaban varias bocinas.

Mientras Alan estaba junto con varios agentes viendo a Esteban desde un cristal blindado.

—Bien, ¿Estás despierto? —pregunto Alan

—Sí… todo duele como el demonio —dijo Esteban

—No espera tratar contigo tan pronto, seré claro, nos dirás todo lo que sabes ahora mismo sobre Ema o enfrentaras la pena de muerte —dijo Alan

Esteban soltó una ligera risa y dijo —Ya sé que pierdo al no ayudarles, pero… ¿Qué gano si lo hago? Es halagador que intenten intimidarme, pero la verdad si acaban conmigo me estarían haciendo un favor, cualquier persona que ha visto el peligro de las calles en una sociedad súper humana les podrá decir lo mismo

En ese momento Alan pensó —¿Ethan pensara de la misma forma?

—¿Qué edad tienes? —pregunto Alan

—Veintiuno —respondió Esteban

—Mira, puedo arreglar las cosas para que salgas de prisión a los treinta —dijo Alan

En ese momento Esteban soltó una carcajada que resulto inquietante para todos los presentes.

—No solo ocupo libertad, también háblame de billetes socio —dijo Esteban —Además, no se percataron de algo, dentro de mi tengo un rastreador —añadió

De la nada se empezaron a escuchar disparos.

—Ya llegaron… —dijo Esteban mientras tenía una sonrisa tétrica en su rostro.

Entonces se escuchó una explosión para seguido quedar sin luz.

Esteban libero sombras en toda la sala destruyéndolo todo, se liberó de las esposas que le habían puesto y salió de ahí.

Ethan salió del área de enfermería para poder brindar apoyo en la situación, al llegar al lobby Ema lo recibió dándole una patada que lo hizo retroceder.

—No pensé que vinieras personalmente —dijo Ethan mientras liberaba sus llamas.

—No solo vine yo —dijo Ema y se escucharon disparos al fondo. —Hay un par de organizaciones que me deben favores —añadió

—¿Qué es lo que pretendes con todo esto? ¿Por qué llegar tan lejos? —pregunto Ethan

—Pienso que la realidad retroceda desde antes de que tú tomaras tanta consciencia, en mis experimentos pude ver una realidad en la que tú eras como un esclavo para mí —dijo Ema

—Has cometido tantas atrocidades… ¡¿Por un capricho infantil?! —exclamo Ethan mientras libero sus llamas en su máxima potencia, y cuando lanzo una llamarada una especie de líquido corrosivo detuvo su ataque.

—Apesta horrible —dijo Ethan mientras trataba de no inhalar el olor que dejo ese choque.

Entre el gas que se generó salió una mujer con una vestimenta similar a la de una gimnasta, era de color negro y franjas grises.

—Tuve que recurrir a ayuda internacional, te presento a Toxic —dijo Ema

—Prepárate para morir —dijo Toxic

—No te metas en esto —dijo Ethan

—No hay de otra —dijo Toxic

—Te lo encargo, la misión está cumplida —dijo Ema mientras con sus raíces abrió un agujero en el suelo y se fue

Ethan quiso seguirla, pero Toxic se le puso en medio.

—Nunca le quites la mirada a tu oponente —dijo Toxic mientras lanzaba puñetazos contra Ethan

Ethan la esquivaba mientras activo el segundo modo de su máscara, tomo distancia para lanzar una llamarada pero Toxic lanzo una cantidad enorme de líquido corrosivo, Ethan decidió detener ese ataque con un muro de fuego, pero lo que no se esperaba es que al momento de chocar ambas habilidades surgiera una explosión que hizo que Ethan chocara contra una pared que estaba hasta el fondo del pasillo.

—No puedo dejar que me toque, Yami, cuento contigo –pensó Ethan

Yami tomo control del cuerpo de Ethan y con su humo se esfumo para aparecer detrás de Toxic, M.C.M modifico el cuerpo de Ethan y de un puñetazo le atravesó el pecho.

—Te dire algo… mis habilidades no se limitan a modificar los componentes del líquido corrosivo que produce mi cuerpo… espero no te quedes sin mano —dijo Toxic o al menos creía que era ella

Segundos después se dio cuenta que era una réplica hecha de su liquido cuando se deshizo y empezó a afectar la mano de Ethan, corrió al baño para lavarse con la esperanza de que no fuera demasiado tarde, al retirarse el líquido se dio cuenta que casi afectaba gravemente sus músculos.

Ese día fue catastrófico, el incidente salió en las noticias.

Horas después en el hospital general de la ciudad…

Ethan estaba siendo atendido mientras miraba la televisión en la habitación que le habían asignado.

—Entre otras noticias, el atentado hoy al comité de caza recompensas por parte de "Los destripadores" junto con Ema y algunos de los criminales más buscados fue uno de los más destructivos hasta la fecha, se dice que el motivo de este ataque fue porque Ethan Exford, uno de los caza recompensas más habilidosos del país había capturado a Oscuridad Viviente un prófugo que se había escapado de una prisión de máxima seguridad meses atrás, no se sabe que pretende Ema aliándose con ellos, pero lo que sí se sabe es que los civiles tienen miedo, incluso se ha iniciado una manifestación a causa de la violencia que se ha vivido estos últimos días…

—Su mano debería estar bien en una semana —dijo la enfermera que estaba atendiendo la herida de Ethan

—Gracias Eh… —dijo Ethan antes de ser interrumpido por la enfermera que respondió —Emily, usted debe ser el Ethan del que hablaban hace rato

—Sí… lamento las molestias —dijo Ethan

—Descuide, al menos lo tenemos de nuestro lado, es fácil criticar desde la comodidad de la vida de un civil –dijo Emily

—Gracias, créame que pronto podremos detener a esos tipos

—dijo Ethan

—No se presione, no quisiera saber que se voló la mano —dijo Emily —Bueno, tengo más pacientes que atender, volveré para cambiarle los vendajes –añadió mientras se iba de la habitación

–Supongo que no todos piensan como los de los noticieros – pensó Ethan

8 LOCALIZAR Y DESTRUIR PARTE I

Mientras tanto con Ema y sus aliados en una mansión abandonada.

–Sinceramente, pensaba que viviríamos en un mejor lugar –dijo Pesadilla

—No te hagas ilusiones, solo somos una organización pequeña —dijo Oscuridad Viviente

—Ya les mostré la bomba del sótano, tenemos que permanecer en este lugar para protegerla, en caso de que salgamos por recursos no iremos todos —dijo Ema —Además de que tenemos que lidiar con Ethan Exford es de los pocos que podrían hacer algo contra el plan, y no quieren que eso pase… ¿O sí? —añadió

—Creo que tenemos que actuar en sectores —dijo Toxic

—Creo que yo podría hacer algo, dar con su hogar –dijo Ema

—Lo dices como si lo conocieras —dijo Oscuridad Viviente

—Yo también te conozco de antes, los tres íbamos a la misma secundaria… Esteban Ramirez —dijo Ema

—Con razón tu cara me sonaba, Ema Gonzales, salías con el estirado de Ethan —dijo Oscuridad Viviente

—Y tú eras el bully cabeza hueca —dijo Ema

—Lamento interrumpir la charla del recuerdo pero hay trabajo que hacer —dijo Pesadilla

–Conseguiré la información, quédense vigilando este lugar –dijo Ema y salió de la mansión

Recuerdo de Ema, hace más de 3 años…

—¡Maldita sea! ¿Cuándo fue que se hizo tan fuerte? —pensó Ema mientras sentía la energía hostil que emanaba Ethan

—No vale la pena, prefiero usar mi ira para proteger a otros

—dijo Ethan mientras se dio media vuelta y se fue

—Lo sabía, eres patético –dijo Ema

—No me importa, solo me interesa detener a ese tipo —dijo Ethan mientras seguía caminando

Esa misma noche Ema estaba en el mundo mental evitando que el portal del cazador de sueños se abriera, peleaba con varios demonios al mismo tiempo y cuando vio que el portal se abrió empezó el caos, vio como todos los habitantes del mundo mental que se habían sumado a la guerra para proteger su mundo y el mundo real empezaron a cruzar, pero ningún humano puro se animaba, hasta que Ethan junto con sus hermanos cruzo el portal renunciando a su humanidad, eso lleno de coraje a todos los presentes y lo siguieron.

Ema no podía creer que el mismo chico al que llamo patético se estaba arriesgando peleando con demonios, poco después pudo ver como la pelea que tenía con Lucifer estaba devastando la ciudad, pero Ethan seguía de pie de alguna manera extraña.

—No… es imposible, no me pude…. Equivocar —pensó Ema mientras su energía aumentaba hasta el punto que empezó a generar raíces en el suelo, en ese momento ella había perdido la razón, vio como dos demonios iban a atacarla pero esta hizo aparecer dos raíces que los atravesó para después generar más y desmembrarlos en el acto

—No puedo permitir que me supere… —dijo Ema mientras se lanzó al ataque contra una horda de demonios

Volviendo a la actualidad…

Ema fue hacia una casa que emanaba una vibra extraña, era evidente la diferencia de ideales entre sus habitantes, sin embargo no era caos lo que se sentía, era una extraña armonía que nunca había sentido antes, toco la puerta y le abrió la puerta un joven algo desalineado que se estaba lavando los dientes, al ver a Ema inmediatamente trato de cerrar la puerta, pero Ema genero una raíz que actuó como tope para la puerta

—Vengo a hacerte algunas preguntas, Rolando —dijo Ema mientras entro a la casa

Rolando le escupió para después tomar distancia, tomo un

desodorante y un encendedor para usarlos de lanzallamas improvisado, pero Ema alcanzo a detener su ataque con un muro de raíces.

—¿Ya terminaste? No vengo a matarte —dijo Ema

—¿Entonces? —pregunto Rolando

—¿Dónde está Ethan? —pregunto Ema

—Por el amor de Dios, no puedes solo preguntar por él de manera tan despreocupada, vi las noticias, sabía que había algo mal contigo, pero… ¿Terrorismo? —dijo Rolando

—Te llevabas bien con Ethan hace tiempo, necesito localizarlo —dijo Ema

—Para que lo mates seguramente, mala suerte para ti, cuando decidió trabajar como caza recompensas corto todos los lazos que tenía, no lo veo desde hace años, aún recuerdo la vibra que daba la última vez que vino, parecía totalmente decidido, incluso no pude evitar poner mi confianza en él; "El mundo necesita personas fuertes que lo protejan, puede que me falte camino por recorrer, pero quiero ser el alivio del sufrimiento para algunas personas", esas fueron sus palabras cuando me dijo que iba a trabajar de eso —dijo Rolando —Ahora lárgate si eso era lo único que querías, me preparaba para dormir, entregue un encargo importante hoy —añadió

—No puedo creer que tengas la misma edad que Ethan –pensó Ema

Nota del autor: En ese momento son las 8:00pm

—Y quita las raíces al salir —dijo Rolando mientras se sentó en un sofá

—¿Lo mato?... No, mejor no, puede serme útil —pensó Ema mientras desaparecía las raíces de la casa de Rolando

—Bueno, perdón por el susto —dijo Ema mientras salió de ahí

Ema se encontraba caminando mientras pensaba —Creo que no me queda de otra, los padres de Ethan

9 LOCALIZAR Y DESTRUIR PARTE II

Eran las 9:00pm, Ema se encontraba en frente de la casa de los padres de Ethan, como no se veía gente en la casa decidió esperar, y en eso llega el padre Ethan.

—¿Quién eres? —pregunto

—Señor Exford, ¿No me recuerda? —pregunto Ema

—Ethan ya no vive aquí, ni forma parte de esta familia —dijo el señor Exford —Pero si sabemos dónde vive, pasa —añadió mientras abrió la puerta de la casa.

—Gracias señor —dijo Ema mientras entraba a la casa

Volviendo con Ethan…

—Ahora tenemos que ver cómo defendernos sin una de mis manos —pensó Ethan

—¿Y si tratas de crear otro brazo con tus llamas? —pregunto Yami

—Lo intentare —dijo Ethan

Concentro su poder en su hombro izquierdo para generar un brazo de fuego.

—Puedo moverlo con normalidad, me pregunto cuan fuerte puede dar los golpes, o si los puede llegar a resistir —pensó Ethan

Entonces llego la enfermera Emily y al ver a Ethan con un brazo de fuego pregunto —¿Lo hiciste tú o tengo que evacuar a todo el personal?.

—Descuida, lo hice yo, quería probar esto en caso de que terminen atacando el hospital —dijo Ethan

—Eres muy paranoico Ethan —dijo Emily mientras se acercaba a la camilla donde estaba Ethan.

—Ya viste en las noticias porque termine con la mano así —dijo Ethan.

—Aun así no creo que pase nada pronto –dijo Emily

Ethan deshizo su brazo de fuego para que Emily le cambiara los vendajes.

—Vaya, podrías irte antes, estás teniendo una recuperación rápida —dijo Emily.

—De nada chico —dijo Bestia desde el fondo de la mente de Ethan.

—Creí que no te caía bien, gracias hermano —pensó Ethan

—Tal vez mañana podríamos darte de alta, todo depende de cómo amanezcas —dijo Emily.

Lo que no sabía Ethan es que en esa madrugada, Ema con sus secuaces y con los padres de Ethan estaban en frente de la casa de su casa.

Los padres de Ethan tenían una ametralladora en sus manos, mientras que los secuaces de Ema preparaban sus poderes para empezar un ataque sorpresa, Ema acumulaba energía para soltar un ataque devastador, mientras que Pesadilla portaba un lanzacohetes. Oscuridad Viviente creo proyectiles enormes con su oscuridad que empezó a derrumbar la casa de Ethan mientras que los padres de Ethan dispararon sin parar, Toxic lanzo una cantidad enorme de líquido corrosivo a la casa, mientras que Pesadilla disparo el lanzacohetes para que al final Ema creo una cantidad enorme de raíces desde el suelo de la casa de Ethan que creo un enorme árbol que no dejo rastro alguno de los destrozos.

—¿Fue todo? —pregunto Oscuridad Viviente

—Parece que sí, yo estaba lista para que saliera —dijo Ema

A la mañana siguiente…

Ethan encendió la televisión de su habitación en las noticias y vio que en el titular estaba su casa, entonces subió el volumen para escuchar.

—En la madrugada de hoy se reportó un disturbio enorme en un fraccionamiento que presumía de cierta tranquilidad, toda una casa fue acribillada a tiros por el grupo criminal que lidera Ema, también hay evidencia de que estuvieron ahí dos sujetos desconocidos, una mujer y un hombre de aparente 47 años de edad

Cuando mostraron las pocas fotos que alcanzaron a tomar algunos vecinos, junto con algunos videos de varias cámaras de seguridad, pudo ver que ese par de individuos eran sus padres.

Por algún motivo que desconoce, recordó cuando trato de salvarlos de Lucifer antes de que la realidad cambiara de manera drástica.

—Esos hijos de puta… —pensó Ethan

—Me había preocupado por ellos todo este tiempo… Y ahora seguramente tendré que matarlos —susurro para sí mismo

Ethan estaba tan perdido en sus pensamientos que no se percató que Emily había llegado.

—Ethan… ¿Por qué estás llorando? ¿Te duele algo? —pregunto Emily.

—No… solo que esa es mi casa —dijo Ethan —¿Tiene alguna mochila que me pueda regalar? —pregunto.

—Creo que sí, pero primero déjame ver tu herida —dijo Emily.

Emily le quito las vendas a Ethan, quedo sorprendida que su mano ya se encontraba bien.

—Creo que si podrás irte antes, deja voy por tus cosas y por la mochila que te mencione —dijo Emily.

Mientras tanto con Rolando…

—¿Qué mierda? Nunca pensé que la manera en que probaría mi invento sería contra criminales —pensó Rolando mientras fue a su habitación donde había una caja enorme similar a un baúl.

—Me base en todo lo que ha hecho Ethan como caza recompensas para crearla —dijo Rolando mientras abrió la caja mostrando una especie de aditamentos para sus brazos, unas botas y una mochila blindada que contenía combustible que iba contectado a esos aditamentos y a las botas.

10 FUEGO ARDIENTE

Ethan salió del hospital con su traje y su máscara puestos, además de que colgaba una mochila morada en su espalda, fue a un supermercado para comprar algo de comida y agua, se puso a patrullar para ver si tenía la suerte de encontrar a Ema o a alguno de sus secuaces, pero todo parecía estar tranquilo, hasta que…

Mientras tanto con Rolando media hora antes…

Se encontraba en donde sucedió el supuesto altercado contra Ethan.

Saco un escáner para poder ver si había restos humanos, al ver que no había nada pensó —Menos mal está vivo, ahora debería ver si anda patrullando.

Imito el estilo que usaba Ethan para volar con sus llamas y se la paso sobrevolando la ciudad hasta que alguien lo derribo de una patada mandándolo a un callejón.

Al levantarse se dio cuenta que tenía a Ema en frente de él.

—Nunca creí que fueras tan imbécil, Rolando —dijo Ema mientras lo miraba con despreció

—¿Soy imbécil por preocuparme por la muerte de mi amigo?

—pregunto Rolando y se lanzó al ataque tratando de conectar varias patadas y golpes, Ema los lograba esquivar, Rolando hizo una finta fingiendo que iba a lanzar una llamarada, eso provoco que Ema tratara de bloquear con una barrera de raíces pero Rolando salto y le lanzo un explosivo que al reventar la elevo por los aires haciéndola chocar contra un edificio de cristal.

—Mierda… Si me pegaba de lleno hubiera muerto —dijo Ema mientras su coraza hecha con sus raíces se estaba despedazando, se puso de pie y pudo ver que Rolando se estaba acercando rápidamente, regenero su coraza y detuvo su embestida con una tacleada, ambos forcejeaban.

—¿Por qué no continuaste con tu vida? ¿Por qué llegar a esto? —pregunto Rolando

—No lo entenderías —respondió Ema mientras le dio un puñetazo que lo obligo a retroceder

—¿No entenderlo? —pensó Rolando estando molesto y uso sus botas para tener el impulso necesario como para darle un puñetazo a Ema sin que siquiera lograra detener el ataque, atraviesa el edificio y Rolando la alcanza para darle una patada hacha en el lóbulo frontal que la hizo caer al suelo generando un enorme estruendo.

Volviendo con Ethan…

—¿Qué ocasiono ese ruido? —pensó Ethan y se dirigió a su origen

Vio que Rolando se encontraba peleando contra Ema, vio que Ema iba a atacarlo con todo lo que tenía, pero con el humo de Yami apareció en frente de ella para bloquear el ataque con un muro de fuego que deshizo apenas retrocedió Ema.

—Ha pasado un tiempo —dijo Ethan

—¡Sabía que seguías vivo! —exclamo Rolando

—Luego nos ponemos al día, tenemos al oponente frente a nosotros —dijo Ethan

—Tú… imposible, no debería quedar nada de tí —dijo Ema

—Lo único que logro uno de tus esbirros es joderme temporalmente una mano —dijo Ethan

—Tú… ¡NO PIENSO DEJAR QUE ME SUPERES! —grito Ema con una enorme ira que descontrolo su poder.

Ethan cargo con Rolando y con sus pies tomo el suficiente impulso como para huir de ahí.

—Yo era totalmente capaz de escapar —dijo Rolando

—Te hubieras quedado sin combustible —dijo Ethan

—Acompáñame al comité, no puedes regresar a casa o te mataran —añadió.

—Bien —dijo Rolando, entonces Ethan lo devolvió al suelo con cuidado.

Ambos fueron al comité de caza recompensas, ahí los recibió Alan.

—Veo que te recuperaste… y traes a alguien más —dijo Alan

—Sí, fue capaz de darle pelea a Ema él solo y lo saque de ahí antes de que se le agotara el combustible, además de que Ema se descontrolo, ni siquiera yo hubiera podido hacer algo sin un plan —dijo Ethan

—Entiendo —dijo Alan -¿Tú hiciste esta armadura? —dijo Alan refiriéndose a Rolando

—Prefiero decirles aditamentos, construí cada elemento por separado, cada uno de conecta con el contenedor de combustible, que por cierto está blindado, no pueden hacerlo explotar a distancia así que todo el tiempo estuve a salvo —dijo Rolando

—Contratado, dime tu nombre chico —dijo Alan

—Me llamo Rolando señor

—No me digas señor, dime Alan

—Necesitamos donde quedarnos —dijo Ethan.

—Hay refugios subterráneos debajo de este edificio, acompáñenme —dijo Alan.

Ethan y Rolando lo siguieron hasta llegar a los refugios ciento diez y ciento once.

—Serán vecinos, por mero protocolo no hay habitaciones compartidas —dijo Alan —Cuídense —añadió y se fue.

Rolando entro en la ciento diez y Ethan en la ciento once.

Ethan se acostó en la cama y se puso a pensar.

—¿Por qué fuego? —pensó Ethan recordando cuando encontró a Rolando peleando con Ema

—Ahora que lo pienso… imitaba mis técnicas —dijo en voz baja.

Decidió ir a la habitación de Rolando, toco la puerta y dijo Rolando —Espera, ya voy.

Después de unos segundos abrió la puerta y al ver que era Ethan dijo —Supongo que tendrás preguntas, pasa.

Ethan entro y Rolando cerró la puerta, ambos se sentaron en la cama, entonces Ethan dijo —Note que imitabas mis movimientos a la hora de pelear.

—Nunca te perdí la pista, desde que evitaste ese robo a un banco, veía como avanzabas y mientras mejoraba mis inventos decidí intentar ser igual de fuerte que tú, a pesar de no tener poderes no quiero quedarme con las manos quietas —dijo

Rolando.

—Me alagas, pero siento que puedes mejorar, puedes basarte en mis movimientos pero si creas los tuyos podrás tomar por sorpresa al enemigo —dijo Ethan. —Recuerdo el caso del que hablas, me encargaron localizar y matar a esos criminales, no los mate en frente de los medios, se hubiera hecho un desastre y en ese entonces no usaba mascara —añadió

—¿Y cómo fue? —pregunto Rolando

Recuerdo de Ethan…

En uno de los bancos de la ciudad…

Ethan estaba en cubierto, se estaba haciendo tonto en los asientos para esperar su turno, entonces vio como alguien empezaba a mirar a las cámaras de manera continua, llevaba audífonos y parecía estar hablando.

Vio que se dirigía a una de las ventanillas y lo siguió, el sujeto iba a sacar un arma pero Ethan le detuvo el brazo mientras dijo —¿No te enseñaron que robar es malo? Te sugiero no hacer escándalo, ven conmigo.

El asaltante no le hizo caso y saco el arma para apuntarle a Ethan en la cabeza, pero Ethan logro eludir el tiro para después tomar el arma y derretirla con el calor de sus llamas.

El asaltante dio un silbido que hizo eco en el lugar y otro sujeto trato de dispararle a Ethan, pero uso al asaltante que silbo como escudo para acercarse y tomo del cuello a los dos para llevárselos a un callejón, donde los quemo hasta volverlos cenizas.

11 LAS DECISIONES DIFÍCILES REQUIEREN DE VOLUNTADES FUERTES

Volviendo a la actualidad…

—Que cruel —pensó Rolando

—Por cierto ¿Qué haremos? No podemos quedarnos bajo tierra todo el rato —dijo Rolando

—No lo haremos, tienes que mejorar tus aditamentos y yo tengo que mejorar mis habilidades —dijo Ethan

—¿En dónde puedo ir a mejorarlo? —pregunto Rolando

—Hay un departamento que está abierto las 24 horas, parte del personal debe de dormir en estos refugios —respondió Ethan

—Claro, que es solo una suposición —añadió

—Muéstrame —dijo Rolando

Ambos salieron de la habitación, Ethan guio a Rolando al departamento de herramientas de apoyo, donde se encontraron con Mike.

—Hola, tú debes de ser el nuevo —dijo Mike refiriéndose a Rolando

—Sí, veo que las noticias corren rápido en este lugar —dijo Rolando

—Supongo que vienes para mejorar tus aditamentos —dijo Mike

—Y esta en lo cierto —dijo Rolando mientras se quitaba los aditamentos y se los entregaba a Mike

—Ya veo, es una buena estructura, con unos cuantos cambios en los materiales deberán estar listos, tendrás que esperar una semana, tienes suerte que tengamos los materiales, sino tendrías que esperar un mes —dijo Mike

—Gracias —dijo Rolando

—Deberías intentar entrenar mientras tanto, veo que no has perdido el tiempo con tu físico, sin embargo no es suficiente —dijo Mike

—Para un civil está bien debo decir, pero tu estilo de vida está por cambiar apenas te mejoren tu equipo, así que necesitaras estar listo —dijo Ethan

—Hay un área para que puedan entrenar en el lado Oeste, como sufrió daños menores durante el ataque todavía se puede usar —dijo Mike –Seguro está ahí un caza recompensas del extranjero, ese sujeto entrena día y noche mientras no tenga una misión –añadió

—¿Quién es? —pregunto Ethan

—Su nombre clave es Sasaki, es un hábil espadachín asiático que estará en esta ciudad durante un tiempo —dijo Mike

—¿Y su nombre real? —pregunto Rolando

—Nadie lo sabe, se ha negado a revelarlo incluso en su tierra natal —respondió Mike

—Cada quien hace con su identidad lo que quiere —dijo Ethan —Tengo planeado entrenar totalmente recuperado, nos vemos más tarde —añadió mientras se fue a su habitación

Al llegar, Ethan se durmió y entro al mundo mental.

—Creo que sé porque entraste —dijo Bestia

Entre la neblina se hicieron notar Yami, M.C.M y Manía.

—Creo que ya lo había hablado con los demás, necesito absorberlos —dijo Ethan

—Sabes que no dejaremos que lo hagas sin pelear —dijo Yami

—Podremos ser energía, pero seguimos siendo algo vivo, tal vez no somos parte de tu dimensión, pero también queremos autonomía —dijo Manía

—Si sirve de algo, los quise como si fueran mis hermanos en la vida real —dijo Ethan mientras liberaba sus llamas para atacar en cualquier momento.

—No pensé que este día llegaría tan pronto —dijo M.C.M

mientras se transformaba

Manía fue la primera que se animó a atacar generando cuchillos que se dirigieran hacia Ethan, sin embargo Ethan los esquivaba, uso un impulso hecho con sus llamas para llegar hacia Manía y darle un puñetazo que la dejo inconsciente.

—Hijo de perra... —dijo Manía antes de caer al suelo

—Lo siento —dijo Ethan

—No es momento de mostrar arrepentimiento —dijo Yami mientras se lanzó al ataque con una patada que le dio en la cabeza a Ethan, pero entonces tomo a Yami del pie, sin embargo antes de que hiciera algo, M.C.M le dio un zarpazo a Ethan que lo hizo chocar contra un árbol.

—Con que será un tres contra uno —dijo Ethan

—Un dos contra uno, yo iré al final —dijo Bestia

—Bien, vengan entonces —dijo Ethan mientras aumento la potencia de sus llamas.

—Ese calor que emana... –dijo M.C.M

—No es normal –dijo Yami

—Acabare con ustedes antes de que cambie de opinión —dijo Ethan.

Ethan en un parpadeo ya estaba en frente de Yami y M.C.M, lanzo una llamarada que alcanzo a ambos pero no los calcino por completo.

—¿Por qué siguen de pie? —pregunto Ethan —No hagan esto más difícil —añadió mientras le daba una patada a Yami que lo hizo chocar contra un árbol derribándolo.

M.C.M salto para intentar derribar a Ethan, pero le respondió con una patada circular que le voló la mandíbula provocando que la transformación de M.C.M se deshiciera.

—Tú iras primero —dijo Ethan refiriéndose a M.C.M, puso su mano en su frente y lo absorbió.

—Con que el niño fue el primero en caer —dijo Bestia

—Mi espalda... no puedo... levantarme —dijo Yami mientras intentaba ponerse de pie

—Si te rindes no te lastimare más —dijo Ethan.

—¡JAMAS! ¡BESTIA! ¡MUEVETE PUTA MADRE! –exclamo Yami

Ethan se empezó a acercar a Yami mientras decía —No creas que disfruto hacer esto, sin embargo de todos modos, si yo muero allá afuera, ustedes también.

Entonces Ethan puso su mano en la frente de Yami y lo absorbió.

—Ahora sigue Manía —dijo Ethan

En ese momento Bestia alcanzo a Ethan con una llamarada que empezaba a consumir a Ethan, pero logro responder con otra llamarada.

—Se me olvidaba que te llevabas bien con Manía —dijo Ethan.

—M.C.M y Yami dieron todo de ellos mismos, Manía todavía no —dijo Bestia.

Bestia se lanzó contra Ethan lanzándole puñetazos y patadas, Ethan las esquivaba y respondía pero Bestia también bloqueaba y esquivaba los ataques de Ethan.

—No te será tan fácil vencerme, después de todo yo soy la ira que usas allá afuera para explotar tu poder al máximo —dijo Bestia. mientras le dio una patada a Ethan que lo obligo a tomar distancia

Bestia aumento la potencia de sus llamas haciendo que los impulsos que usaba para acercarse a Ethan fueran más fuertes provocando que su velocidad aumentara, logrando así acertarle un puñetazo de lleno a Ethan que lo hizo chocar contra varios árboles derribándolos en el proceso.

Ethan se puso de pie y aumento la potencia de sus llamas hasta llevarlas casi a su límite, la batalla que estaban teniendo Bestia y Ethan no la podría ver un ser humano ordinario por lo rápidos que eran sus movimientos.

Bestia seguía usando sus llamas oscuras para intentar consumir a Ethan hasta hacerlo cenizas, pero Ethan lograba esquivar sus ataques y responderle con bolas de fuego, llamaradas, y armas materializadas con su fuego, desde cadenas, cuchillos, lanzas y pistolas.

—Qué mala imitación de la habilidad de Manía —dijo Bestia mientras continuaba atacando a Ethan.

Entonces una bala le da en el hombro a Ethan, Bestia toma distancia y al voltear mira que es Manía empuñando un par de pistolas.

—Todavía no me rindo idiota —dijo Manía

—Vaya —dijo Ethan con una sonrisa nostálgica

Recuerdo de Ethan...

Ethan estaba en la escuela primaria, en ese entonces era un niño débil del cual los abusones le miraban como una presa fácil, le estaban golpeando mientras él estaba en el suelo.

De repente uno de los abusones dijo –Ya dejémoslo, ya no se mueve

—Seguramente se desmayó otra vez —dijo otro

—Eh idiota, ¿Sigues ahí? —pregunto el que aparentaba ser el líder.

Al no tener respuesta se empezaron a alejar, de repente Ethan se levanta en silencio, tomo una tabla y sigilosamente se acercó a ellos dándoles un golpe con esa tabla, provocando que los tres se cayeran.

—Todavía no me rindo... ¡IDIOTAS! —exclamo Ethan mientras su boca sangraba

Volviendo a la actualidad...

—Me recordaste al primer día que fui valiente —dijo Ethan.

—Ven con todo lo que tengas –añadió

Manía disparaba mientras se movía alrededor de Ethan, pero este lograba esquivar los tiros usando el humo de Yami, modifico su cuerpo mientras se movía para ser más rápido, y al alcanzar a Manía chocaron puñetazos, ambos se acertaban golpes contundentes, los dos sangraban con cada ataque acertado, pero ninguno cedía.

Manía continuaba atacando, y cuando Ethan trataba de alejarse disparaba, mientras que Ethan usaba sus llamas junto con el humo de Yami y las modificaciones que obtuvo de la habilidad de M.C.M para dar ataques más fuertes.

—Te mostrare que todavía siendo una mujer, pudiste haber sido la número uno —dijo Manía

—Puede que haya una realidad donde tú seas la que este afuera físicamente, pero este no es el caso querida hermana... —dijo Ethan.

—Terminemos con esto —dijo Manía mientras materializo una espada.

—Bien —dijo Ethan mientras aumento la potencia de sus llamas al máximo.

Ambos se dirigieron a toda velocidad el uno contra el otro, y al chocar levantaron una estela de polvo que no le permitía a Bestia ver el resultado, pero cuando se disipo, pudo ver que Ethan había atravesado el pecho de Manía, mientras que Manía solo le había logrado hacer una estocada a Ethan en la parte derecha del abdomen, pero no fue lo suficientemente profunda.

—Lo siento —dijo Ethan —Prometo darle un buen uso a tu

poder —añadió mientras vio como la luz en los ojos de Manía se iba apagando, puso su otra mano en la frente de Manía y la absorbió.

—No puede ser… —dijo Bestia

—Sigues tú —dijo Ethan refiriéndose a Bestia

—Me sorprende que hayas podido con ella, por un segundo pensé que te vencería —dijo Bestia

—¿Por qué decidiste ir al final? —pregunto Ethan

—Fácil, quien te venciera iba a absorberte, haciéndose "el principal" —respondió Bestia

—Esto me recuerda a un videojuego que solías jugar, uno de los finales se lograba acabando con todo rastro de vida en ese mundo, y el jefe final era un habitante de ese mismo mundo tratando de detenerte, ni siquiera un rey, ni un hechicero muy poderoso, era un personaje que nunca hizo nada hasta que vio que no había vuelta atrás —dijo Bestia

—Creo que entiendo esa referencia —dijo Ethan

—Me alegra… —dijo Bestia. —Porque no voy a perdonarte por acabar de una manera tan cruel con todos ellos —añadió mientras libero sus llamas a su máxima capacidad.

—Parece que será una prueba de resistencia —dijo Ethan

Ambos se dirigieron con violencia el uno hacia el otro, chocaban ataques, los acertaban y los eludían, era como ver a dos depredadores luchando por el poder.

Una buena parte del mundo mental se dio cuenta de la enorme energía que emanaba ese enfrentamiento, incluyendo algunas deidades, seres celestiales y demonios.

La batalla de Ethan y Bestia duro varias horas del mundo real, ninguno cedía, ambos empezaban a llegar a su límite.

—Supongo que no te vas a rendir —dijo Bestia.

—Supones bien —dijo Ethan.

Ambos sangraban de manera alarmante, cualquiera podía caer en cualquier momento, seguían atacándose sin tregua, sin embargo Ethan ya tenía un as bajo la manga, fingió estar en desventaja y al tener a Bestia enfrente, materializo un cuchillo y le corto el cuello, para después clavarle ese cuchillo en el pecho.

—No lo saques o mueres al instante —dijo Ethan.

—Al final, desafiaste todos los pronósticos, al final te volviste el más apto de estar afuera —dijo Bestia

—¿Algunas últimas palabras? —pregunto Ethan

—Vuélvete el más fuerte de todos, no hagas quedar mal a mis llamas, y por ultimo… gracias por todo, aunque no siempre me tomaste en cuenta, al final me dejaste convivir con los demás, Manía era la única que iba a verme antes de que tú llegaras, cuando me desafiaste por primera vez me recordaste a ella de cierto modo, ambos son igual de tercos, hasta nunca… —dijo Bestia y soltó una última risa.

El aliento de Bestia se agotó, Ethan puso su mano en la frente de Bestia y lo absorbió, en ese momento despertó en el mundo real y estaba en el hospital.

—Otra vez… —pensó Ethan.

12 HUELE A GATO ENCERRADO

Mientras tanto con Ema y sus secuaces...

—Necesitamos uranio –dijo Ema

—Tengo entendido que hay varias minas en el país, pero son usadas por Estados Unidos ya que no tenemos los recursos para utilizarlo —dijo Oscuridad Viviente

—¿Sabes dónde pueden estar? —pregunto Ema

—Sonora, Nuevo León, creo que en Coahuila —respondió Oscuridad Viviente.

—Creo que la indicada para esto soy yo —dijo Toxic

—Bien, dale toda la información a Toxic —dijo Ema —Dentro de unos meses podremos hacer estallar el dispositivo de reinicio espacio tiempo —añadió

Volviendo con Ethan...

—En mal momento acabaste en el hospital —dijo Alan.

—Lo siento, pero no fue en vano —dijo Ethan mientras empezó a emanar humo de una de sus manos.

—¿Nuevos poderes? Impresionante —dijo Alan

—Señor, déjele en paz, la presión de Ethan estaba a niveles peligrosos cuando llego aquí —dijo Emily

—Un segundo por favor —dijo Alan

—Supongo que no viniste solo de visita pasajera —dijo Ethan.

—Cuando te recuperes ve al comité, nos encargaron un caso de investigación bastante gordo —dijo Alan.

Emily le estaba haciendo una revisión a la presión de Ethan.

—Pues puede que salgas esta noche —dijo Emily —Si lo que tienen que hablar es urgente los dejo solos, volveré luego para entregarte tus cosas —añadió mientras salía de la habitación

Emily salió de la habitación, entonces Alan dijo —Supongo que ubicaras el nombre de Arnoldo Villareal.

—El gobernador, ¿Qué tiene? —pregunto Ethan.

—Nos encargaron investigarlo por posibles nexos con grupos delictivos, la solicitud es del extranjero, al parecer todo el sistema está podrido desde adentro —respondió Alan.

—Me imagino que me pedirá infiltrarme en algún sitio —dijo Ethan.

—Correcto —dijo Alan —En su casa específicamente —añadió

—Es decir un lugar amplio lleno de guardias y cámaras de seguridad —dijo Ethan

—Nosotros nos encargaremos de dejar a todo ese sector sin luz para que no te puedan grabar, me iré ya, mañana en la mañana iré por ti a tu habitación —dijo Alan mientras salía del cuarto

Esa misma noche Emily le entrego a Ethan sus cosas.

—Llegaste solo con tu traje puesto, junto unas armas en sus bolsillos —dijo Emily mientras puso dichos objetos en una mesa

—¿Llegue sin mi mascara? —pregunto Ethan

—Sí, llegaste con la cara descubierta —respondió Emily

Ethan fue al baño para cambiarse, y al salir se guardó sus armas.

—Gracias por todo Emily —dijo Ethan y se fue de ahí para dirigirse al comité de caza recompensas, una vez ahí se dirigió a las duchas donde se encontró con un sujeto lleno de cicatrices.

—Son cortes —pensó Ethan

—Buenas noches —dijo Ethan para no verse raro

Abrió la regadera para empezar a bañarse, entonces el sujeto dijo —Tú debes de ser Ethan, me llamo Sasaki, soy un caza recompensas extranjero.

—Mike me menciono que estarías en las instalaciones —dijo Ethan. —¿Qué lo trae por aquí? —pregunto.

—El caso de Ema, están llamando refuerzos internacionales con ayuda de la ONU, parece que este país se está pudriendo –dijo Sasaki.

—Entiendo lo que dice, por cierto, por mera curiosidad ¿Cuál es su poder? —pregunto Ethan

—Esas son estupideces, solo uso mi habilidad en combate para lidiar con sujetos como Ema y ese tal Oscuridad Viviente

—respondió Sasaki

—Es admirable ver que todavía hay caza recompensas como usted —dijo Ethan.

—No quieras forzar la conversación, aunque la verdad es que veo que tú tampoco dependes tanto de esos mentados poderes de los que hablas —dijo Sasaki.

—¿Te parece si después hacemos un sparring? —pregunto Sasaki.

—Me encantaría, solo que tengo una misión temprano así que deberemos dejarlo para otra ocasión, lo siento —respondió Ethan

–No te lo iba a pedir hoy, también debo de salir temprano –dijo Sasaki

—Ya veo —dijo Ethan

—Ya me voy —dijo Sasaki mientras cerraba la regadera

—Cuídate chico –añadió mientras caminaba hacia la zona de las toallas.

Ethan siguió con su ducha, y cuando termino fue a la zona de toallas para secarse y vestirse con una ropa más cómoda, fue a su habitación y empezó a dormir.

Inconscientemente entro al mundo mental y vio todo apagado.

—Es raro sentir este lugar vació –dijo Ethan

Entonces escucho una voz detrás de él que dijo —Nunca pensé que tú emanaras este nivel de poder.

—Me sorprende que no vinieras antes, Tas… —dijo Ethan y se dio la vuelta para tenerla de frente.

—Sí… odio admitirlo, pero alguien debe de ponerle un alto

—dijo Tas

—¿Eres consciente de que si la mato tú también mueres?

—pregunto Ethan

—No tengo la intención de sobrevivir —respondió Tas

—Ya veo porque Yami te admiraba de cierto modo —dijo Ethan —Déjalo en mis manos —añadió

—¿Y los demás? —pregunto Tas.

—Los tuve que absorber, tu hermana se volvió demasiado poderosa, así que para igualarla decidí hacer eso —respondió Ethan.

—Eso explica porque sentí esa enorme presión apenas entre —dijo Tas.

—¿Eso significa que estoy a tu nivel? —pregunto Ethan.

—Algo así, pero no se trata de quien tiene más poder, sino del como lo utilizas —respondió Tas.

—Me sorprende que me estés aconsejando, pero sobre todo que traiciones a tu hermana —dijo Ethan

—Es por lo que quiere hacer, busca reiniciar la línea temporal tantas veces sean necesarias para que tú seas un debilucho mental y físicamente, así ella podría usarte tanto como ella quiera, tu bienestar no me importa, pero eso podría provocar inclusive la destrucción de ambos mundos como los conocemos, millones de inocentes morirán por su capricho —dijo Tas.

Ethan al oír eso, de manera inconsciente aumento su hostilidad liberando todos sus poderes de golpe.

—¿Cómo lo hará? —pregunto Ethan

—Es esta máquina, parece un cilindro con varios fierros encima, pero al accionarlo desacelerara el tiempo provocando que vaya en reversa —respondió Tas mientras le entregaba una foto de la maquina a Ethan.

—Con que así se ve –dijo Ethan.

—Tu objetivo es destruirla, contacte con alguien del exterior para que te pague ese trabajo, son diez millones de pesos si solo destruyes la máquina, y si también matas a Ema, te ganas otros diez millones, el contacto dará contigo si cumples esa misión —dijo Tas y desapareció.

Ethan despertó en el mundo real y eran las 5:30am.

—Eso si no me lo esperaba —dijo Ethan al aire y se levantó de la cama, tomo una hoja de papel y un lápiz para dibujar el artefacto que le mostro Tas.

13 CORRUPTOS

Me prepare para la misión que me menciono Alan y para las 7:00am él ya estaba en frente de la habitación de Ethan tocando la puerta.

Ethan abrió la puerta para salir hacia donde Alan.

—Veo que ya estabas listo —dijo Alan

—Sí, vámonos —dijo Ethan mientras cerraba la puerta al salir.

Media hora después en la casa del gobernador Arnoldo Villareal…

Arnoldo estaba sentado en su oficina cuando llego uno de sus elementos de seguridad.

—Señor, alguien quiere hablar con usted —dijo el elemento.

—Lo lamento, si tiene preguntas deberá esperar a cuando empiece la reunión —dijo Arnoldo.

–No me permitirá moverme hasta que hable con usted señor –dijo el elemento

—D…Dile que pase —dijo Arnoldo

En eso mira como una mano deja inconsciente a su elemento de seguridad y al abrirse la puerta vio que era Ema que entro diciendo —No haga un escándalo, vine a negociar

—No negocio con criminales —dijo Arnoldo.

—No me haga reír señor gobernador, todos los habitantes de

esta ciudad y de este estado saben de los casos de corrupción de los que se le acusa —dijo Ema.

Arnoldo se quedó en silencio unos segundos y pregunto –¿Qué quieres?

—Acceso a minas de uranio, un total de veinte millones de pesos y una casa para máximo diez personas, no pido más

—respondió Ema.

—¿Y qué gano yo? —pregunto Arnoldo

Entonces Ema hizo crecer rápidamente una raíz puntiaguda que apuntaba a su cuello y dijo —Vivir.

—Hija de puta… —dijo Arnoldo. —Está bien… pero lárgate sin que te vean —añadió.

Sin embargo no contaban que Ethan y Alan colaron un dron en forma de mosca para escucharlo todo, ambos estaban en un coche que estacionaron en las cercanías.

—Bien, ya infíltrate —dijo Alan.

Ethan se convirtió en humo y se acercó a la casa del gobernador para traspasar una de las paredes, una vez estuvo dentro Alan dio la orden y se bajó la luz de toda la zona.

Ethan exploro los pasillos convirtiéndose en humo cada que se encontraba con un guardia para volver a la normalidad detrás de ellos y dejarlos inconscientes de un golpe en la nuca, llego a la oficina del gobernador Arnoldo, se volvió humo para traspasar la puerta y ahí estaba todavía Ema.

—Escuche todo su teatrito —dijo Ethan mientras rápidamente materializo un cuchillo en su mano para ponerlo cerca de la garganta de Ema —Señor, usted queda bajo arresto —añadió Ethan dirigiéndose a Arnoldo.

—Veo que no aprendiste nada desde la última vez que nos enfrentamos —dijo Ema para después hacer que salieran raíces desde abajo del suelo donde estaba Ethan pero al momento en que lo atravesó se esfumo reapareciendo desde otro ángulo logrando acertarle un corte en la mejilla izquierda.

Ema se levantó de la silla de un salto y cuando Ethan reapareció le dio una patada en la cara que lo hizo chocar contra un librero.

El gobernador aprovecho que Ema distrajo a Ethan para huir, y cuando se percato Ethan de la ausencia de Arnoldo mientras esquivaba los ataques de Ema dijo desde su intercomunicador. –El gobernador ha escapado, rodeen todas las entradas y salidas.

—Lo tenemos cubierto, ahora hazme un favor y no te

contengas contra esa hija de puta —respondió Alan.

Entonces Ethan acumulo sus llamas en sus brazos y uso su humo para desaparecer y reaparecer detrás de Ema para así liberar una llamarada que reventó parte del lado este de la casa.

Pero Ema aprovecho la conmoción para escapar.

—No hay restos carbonizados —pensó Ethan.

—Ema escapo —dijo Ethan desde el intercomunicador.

—¿Me creerías si te digo que el gobernador se disparó y se levantó teniendo poderes? —pregunto Alan.

—¿Pelea con alguien? —pregunto Ethan.

—Con Sasaki, está bastante reñido —respondió Alan.

—Voy para allá, guíame –dijo Ethan y se echó a correr

Minutos antes con Sasaki…

El gobernador había logrado salir de su casa y trato de huir corriendo pero Sasaki lo alcanzo poniéndose en frente de él.

—¿Vas a algún lado amigo? —pregunto Sasaki.

—Fuera de mi camino —dijo Arnoldo.

—No lo creo, hasta donde sé estas bajo arresto —dijo Sasaki mientras desenvainaba su espada.

En eso Arnoldo se apuntó a la cabeza con un revólver y disparo cayendo al suelo.

–Su cabeza está prácticamente intacta… Algo raro pasa –pensó Sasaki

—¿Viste eso? —pregunto Sasaki por el intercomunicador.

—Sí, habrá que hacer un informe detallado para evitar problemas —dijo Alan.

Sin embargo Arnoldo se levantó, el hueco de su cabeza se regenero y mostraba un cambio notable en su musculatura.

—Como podrás ver, no puedo permitir que me arresten —dijo Arnoldo y se lanzó al ataque contra Sasaki.

Sasaki trato de darle un corte pero Arnoldo lo esquivo y le dio un puñetazo en la cara que lo hizo retroceder.

Con que así son las cosas —dijo Sasaki para después envainar su espada y sacar un cuchillo de uno de sus bolsillos.

Lo desenvaino y dijo —Tampoco pienso rendirme.

Arnoldo seguía atacando, Sasaki esquivaba y bloqueaba para analizar la técnica que tenía, entonces en un descuido, Sasaki le logro acertar un corte cerca del cuello.

Arnoldo retrocedió y pregunto —¿Sabes lo que le pasa a alguien que agrede a una autoridad?.

Entonces pregunto Sasaki de vuelta –¿Sabes lo que le pasa a una autoridad que negocia con terroristas?.

Arnoldo se lanzó al ataque de nuevo esquivando los cortes que le lanzaba Sasaki y acertando más golpes, sin embargo Sasaki apenas vio una apertura en su defensa le dio un corte en el abdomen.

—Ese estuvo más profundo —dijo Sasaki mientras se dio la vuelta para verlo, pero en ese momento tenía la rodilla de Arnoldo tan cerca de su rostro que le fue imposible esquivarla, recibió el rodillazo de lleno y choco contra los barrotes que rodeaban a una escuela que estaba en frente de la casa del gobernador.

—Mierda… —dijo Sasaki mientras se esforzaba por no quedar inconsciente

Arnoldo se acercaba para rematarlo, pero en eso llego Ethan dándole una patada en la cabeza a Arnoldo derribándolo.

—Espero no sea una molestia que me les una a la fiesta –dijo Ethan.

—Llegas en buen momento… —dijo Sasaki.

—No te levantes, deja que me encargue —dijo Ethan mientras liberaba sus llamas.

14 UNA BALA MISTERIOSA

—No quieras jugar a ser el héroe —dijo Arnoldo.

—No soy un héroe eso lo tengo claro, de hecho en este país no existen, sin embargo está plagado de villanos, y si no va a haber héroes, seremos nosotros los que les pondremos un alto a gente como tú —dijo Ethan.

—No me hagan reír —dijo Arnoldo y se lanzó al ataque pero Ethan lo recibió con un puñetazo que lo hizo chocar contra un auto que estaba estacionado.

Arnoldo al ver que la diferencia de poder era mucha decidió huir dando un enorme salto.

—Ni de chiste le alcanzo con una llamarada —dijo Ethan

Entonces Sasaki uso su intercomunicador para decir —Manden apoyo médico…

—A la orden, hicieron lo mejor que pudieron y tenemos pruebas así que no estamos con las manos vacías, la ayuda llegara pronto –dijo Alan

Ya en el comité…

Alan se encontraba en una reunión con varias organizaciones militares privadas de los Estados Unidos.

—Se me informo que saben español así que iré al grano —dijo

Alan. —¿Alguien sabe algo de estas balas? Necesitamos información —añadió

Después de una larga charla se determinó que esas balas estaban siendo creadas por un grupo criminal estadounidense, sin embargo se desconocía cual.

Cada institución investigaría su origen.

Mientras tanto Ethan y Rolando se encontraban haciendo un sparring sin usar sus poderes para mejorar sus habilidades cuerpo a cuerpo mientras que Sasaki era el referí.

Rolando lanzaba jabs contundentes, Ethan los esquivaba y respondía con una serie de patadas y cuando Rolando se descuidó yéndose muy al límite de la zona de combate, Ethan le dio un puñetazo en el hueco del estómago que lo saco de los limites.

—Este round se lo lleva Ethan —dijo Sasaki

—¿Seguro que está bien? —pregunto Ethan al ver que Sasaki estaba cubierto por vendajes

—Sí, se necesita más para mandarme a la camilla de un hospital —dijo Sasaki. —Además mis piernas no se dañaron lo suficiente como para que no pueda caminar.

—¿Qué no tenía fracturas? —pregunto Rolando.

—El dolor es mental chico —respondió Sasaki.

—Puto loco —pensó Ethan.

—Bien, segundo round —dijo Sasaki.

Rolando entro al área de combate nuevamente y entonces Sasaki dijo —Bien, prepárense.

Tanto Ethan como Rolando se pusieron en guardia.

—Comiencen —dijo Sasaki.

Rolando empezó saltando para dar una patada con giro, pero Ethan la esquivo para poder tomarlo de la pierna y derribarlo provocando que cayera de lleno contra el suelo, Ethan iba a pisotearlo para darle fin al combate, pero Rolando de una patada lo alejo y al levantarse empezó a lanzar una combinación de puñetazos, Ethan esquivaba pero notaba cambios en el patrón de ataques que lanzaba Rolando, entonces vio como si le fuera a dar una patada, pero Rolando detuvo su pierna para darle un puñetazo de lleno a Ethan en el rostro que lo hace retroceder al borde de la zona de combate.

En ese momento Rolando aprovecho para taclear a Ethan logrando sacarlo de la zona de combate.

—El segundo round lo gana Rolando —dijo Sasaki.

En ese momento entra Mike diciendo —Le hice modificaciones al traje de ambos.

—¿Al mío también? —pregunto Ethan.

—Sí, es por el lugar al que los enviara Alan —respondió Mike.

En eso entra Alan apurado a la sala diciendo —Irán a Pacific City.

—Eso está en Estados Unidos —dijo Rolando.

—Correcto, como esa zona es la más peligrosa en esta nueva sociedad súper humana pensé que podríamos investigar las drogas que mueven en ese lugar —dijo Alan.

—¿Lo dice por las balas con potenciadores? —pregunto Ethan.

—Exacto, tal vez podemos obtener pistas —respondió Alan.

—¿Y qué pasara con el caso de Ema? —pregunto Ethan.

—Esto es crucial, puede que esas drogas lleguen a usarla ellos también —respondió Alan.

—Ok, tiene un buen punto —pensó Ethan.

—Diles las modificaciones Mike —dijo Alan.

—Al traje de Ethan le añadí un material anticorrosivo, además de que no se maltratara con sus llamas soportando una temperatura de más de mil grados centígrados y su máscara de gas se podrá desplegar desde un añadido al smoking, el traje de Rolando tuve que hacerlo practico y ligero, es un exoesqueleto protector y se blindo el contenedor de combustible, además de que te hice un casco a la medida que tiene un intercomunicador, además de que podrás desplegar una máscara de gas desde el mismo que te permitirá entrar a zonas con aire venenoso —dijo Mike.

—Una última cosa, cuando regresen no podrán volver a este lugar, muy probablemente nos ataquen por lo que paso... —dijo Alan y en eso se escuchó una explosión en la entrada.

Todo el personal con o sin poderes salió armado, Ethan y Rolando se pusieron sus trajes y salieron también, al hacerlo vieron que el edificio estaba rodeado por la policía y el ejército.

—¿Qué se les ofrece? —pregunto Alan.

—Todo el personal de este edificio está bajo arresto por haber atacado al gobernador —respondió uno de los soldados mientras los demás apuntaban al mismo tiempo que los oficiales de policía.

Alan soltó una ligera risa e hizo levitar una de las patrullas para lanzarla contra los militares y oficiales de policía, los elementos que seguían en pie abrieron fuego pero el personal del comité respondió, Rolando y Ethan se lanzaron al ataque moviéndose usando sus llamas, Ethan usaba su humo para desaparecer y reaparecer en puntos estratégicos para eludir las balas, Rolando aprovechaba sus llamas para aumentar su velocidad, Alan se adentró entre la multitud con una pistola en mano disparando mientras hacía levitar militares y oficiales.

—No sabía que Alan pudiese hacer levitar cosas —pensó Ethan.

Poco a poco empezaron a hacer retroceder a los militares y a la policía, llego un helicóptero para disparar en contra del personal del comité pero Ethan hizo su ataque llamado calor del desierto haciendo que el sol artificial se creara dentro del helicóptero calcinándolo al instante.

Los militares empezaron a retroceder al ver el nivel de destrucción que un solo agente podía provocar, incluso Sasaki se unió a la batalla aun teniendo huesos rotos, no lograron acertarle ningún tiro.

Al ver que los militares y la policía decidieron realizar la retirada el comité hizo alto al fuego.

—Váyanse mientras todavía pueden, tenemos una sede en Estados Unidos, ahí podrán refugiarse, ya es tarde para la que está aquí, si no se van serán tratados como criminales —dijo Alan refiriéndose a Ethan y a Rolando.

—Aunque no pueda volver lo hare —dijo Ethan.

—Podrás si le explicas la situación a la sede norteamericana, aunque allá los civiles les llaman héroes, incluso hay vigilantes que no pertenecen al comité, sin embargo Pacific City… es un tema de cuidado, no hay presencia de ningún caza recompensas que este en el comité ni de algún vigilante, los criminales de ahí se encargaron de eliminarlos —dijo Alan. —Es prácticamente una ciudad sin ley, pero ustedes solo van a detener el tráfico de esas balas experimentales —añadió.

—Entonces ¿A dónde vamos primero? —pregunto Rolando.

—Cruzando la frontera dicen que vienen del comité de caza recompensas —respondió Alan.

—¿No nos atacaran? —pregunto Ethan.

—No, algo similar paso en Venezuela hace un tiempo. —respondió Alan. —Ahora váyanse —añadió.

—Rolando, levanta los brazos —dijo Ethan

—Puedo volar también —dijo Rolando

—No vas a gastar combustible a lo imbécil, si hay problemas te suelto para que vueles —dijo Ethan.

—Está bien… —dijo Rolando mientras levantaba los brazos.

Ethan se elevó con sus llamas y tomo a Rolando de los brazos para empezar a volar.

15 COMISIÓN NORTEAMERICANA

Ethan y Rolando seguían volando…

—¿Qué crees que nos espere allá? —pregunto Rolando.

—¿En Pacific City? Una vez estemos ahí será de vida o muerte —respondió Ethan.

—Me refiero a Estados Unidos, no podremos volver a México —dijo Rolando.

—Yo volveré con o sin ayuda, Ema podría destruir la realidad como la conocemos —dijo Ethan

—¿Cuál es tu obsesión con el tema de Ema? —pregunto. Rolando —Yo la veo como una criminal más del montón —añadió

—Cuando atacaron el comité para liberar a Oscuridad Viviente me entere de su plan, está construyendo una máquina que le permitirá hacer que toda esta realidad retroceda en el tiempo, es decir que retrocederá el tiempo para todos haciendo que todo el progreso que tuviéramos hasta el punto que ella desee regresar se vaya a la basura —dijo Ethan

—Eso solo significaría una cosa… —dijo Rolando.

—Sí, lo sé —dijo Ethan.

—¿Estás bien? —pregunto Rolando.

—No, pero la verdad no importa mucho —respondió Ethan.

—Casi llegamos —añadió.

Rolando se quedó en silenció mientras levantaba la mirada

notando una mirada de preocupación en Ethan.

—Todo estará bien hombre, saliste de cosas horribles y les decías que las amabas —dijo Rolando.

Ethan soltó una carcajada mientras se aproximaban a la frontera, aterrizaron y un agente fronterizo los recibió.

—¿Qué se les ofrece? —pregunto el agente.

—Venimos de parte del comité de caza recompensas de México, venimos a solicitar apoyo —respondió Ethan.

—Cierto, sus caras me suenan, ambos estuvieron en uno de los incidentes de Ema la genocida —dijo el agente. —Los escoltare hasta la sede, síganme —añadió.

El agente les guío a un automóvil en el cual los tres se subieron para llegar a la sede, al llegar los recibió el líder del comité de caza recompensas.

—Greetings colegas, me llamo Jack y soy el líder de esta sede del comité —dijo el líder del comité estadounidense.

—Un gusto, yo soy Ethan

—Y yo soy Rolando

—Nice, síganme, ocupo registrarlos –dijo Jack refiriéndose a Ethan y a Rolando

Ethan y Rolando siguieron a Jack hasta su oficina, una vez ahí les dio a ambos un formulario para que lo llenaran.

—Llénenlo y mientras tanto cuéntenme que paso en México —dijo Jack.

—¿Cómo lo sabe? —pregunto Ethan.

—Son noticia internacional, pero como siempre los medios contaran la historia como les convenga, así que díganme que paso —respondió Jack.

—Descubrimos un caso de corrupción con un político, y ese mismo político nos mandó a la policía y al ejército para que nos matara, en el incidente de ese político nos dimos cuenta que uso una bala que potencio sus capacidades físicas, el líder de la sede mexicana sospecho que podrían estarse produciendo en Pacific City —dijo Ethan.

En ese momento la expresión de Jack mostro cierta preocupación.

—Ok… Creo que ya saben lo peligroso que es ir ahí —dijo Jack.

—Este sujeto emite más poder que yo y tiene miedo, puta madre… —pensó Ethan.

—Lenguaje —dijo Jack.

—Con que leer mentes —dijo Ethan.

—Exacto —dijo Jack.

—¿Y este sujeto que puede hacer? —pregunto refiriéndose a Rolando.

—Soy un inventor, yo cree las bases del exoesqueleto que tengo puesto —respondió Rolando.

—Interesante —dijo Jack.

—¿Qué hace el exoesqueleto? —pregunto.

—Lanza fuego, mismo que puedo usarlo para atacar y para elevarme por los aires —respondió Rolando.

—Vi los videos que sacaron los medios, tienes unos movimientos muy similares a los de Ethan, lo que te hace destacar es tu agresividad al momento de atacar, buscas terminar rápido los combates —dijo Jack.

—Es que estoy limitado al combustible que tiene el contenedor que hay en mi espalda, si se acaba solo voy a poder atacar cuerpo a cuerpo —dijo Rolando.

—¿Sabes manejar armas? —pregunto Jack.

—Sí señor, tuve que estudiarlas para poder crear mi exoesqueleto —respondió Rolando.

—Bien, porque en Pacific City se consiguen como si fueran chicles —dijo Jack.

—Me recuerda a mis tierras —pensó Ethan.

—No, es mucho peor —dijo Jack.

—¿Puede brindarnos más información sobre Pacific City? —pregunto Rolando

—Sure, verán, Pacific City le hacía honor a su nombre hasta que surgieron los primeros súper humanos en esa ciudad, empezaron a usar sus habilidades para cometer crímenes por doquier, y con el tiempo más criminales con poderes llegaban a la ciudad, llegamos a desplegar militares ahí pero no pudimos controlar la situación, y si un alcalde que llegaba a esa ciudad trataba de hacer las cosas bien era asesinado de manera brutal –dijo Jack.

—Básicamente la ciudad está llena de la peor clase de criminales —dijo Ethan.

—Correcto, por eso mismo las viviendas ahí están demasiado baratas, y creo que ya adivinaran que sector llega a esa zona por esa misma razón —dijo Jack.

—Los migrantes —dijo Rolando.

—Así es —dijo Jack. —Vayan a la armería si gustan, pueden partir cuando amanezca —añadió.

Ethan y Rolando entregaron sus formularios y fueron a la armería que estaba en el lado Oeste del edificio para ponerse un chaleco antibalas debajo de sus trajes.

—¿Por qué nos los ponemos? —pregunto Rolando.

—Como seguro, no sabemos si tu exoesqueleto y mi traje soportaran tantos disparos —dijo Ethan.

—El caza recompensas más letal de México tiene miedo, eso es nuevo —dijo Rolando.

—Todo humano le teme a la muerte, el que presuma de no temerle está mintiendo o perdió todo rastro de cordura —dijo Ethan.

—Eso fue profundo, pero supongo que tienes razón —dijo Rolando.

Ethan y Rolando salieron de la armería y Jack les dio una llave mientras decía —Es la habitación que tendrán para dormir esta noche, tiene una litera así que no tendrán problemas de espacio.

—Gracias señor —dijo Ethan.

—Respecto a la situación con sus gobernantes, hablaremos con la ONU para intervenir, ustedes enfóquense en su objetivo y en regresar con vida —dijo Jack.

—Entendido, gracias señor —dijo Rolando.

Ethan y Rolando fueron a la habitación que se les asigno.

—Pido arriba —dijo Rolando y se dirigió rápidamente a la litera.

—¿Qué edad tienes? —pregunto Ethan entre risas.

—Lo siento, la costumbre supongo —respondió Rolando.

—¿Costumbre?, pero si solo tenía hermanas y no parecía que fueran tan animadas como él —pensó Ethan.

—Dormiré abajo por si pasa algo lanzare una llamarada con los pies —dijo Ethan. —Por cierto, ¿No te duele llevar ese exoesqueleto para dormir? —pregunto.

—No, la verdad estoy bien —respondió Rolando.

Ethan cayo profundamente dormido minutos después, inconscientemente entro al mundo mental, se encontraba en medio de su bosque lleno de neblina.

—Qué solitario se siente este lugar —pensó Ethan.

Entonces se escuchó la voz de Ema diciendo —No pensé que fueras a huir de mis manos.

—A ti te importa un carajo lo que haga con mi vida —dijo Ethan.

—No te preocupes, puedo adivinar el que estás haciendo en Estados Unidos, ¿Son las balas cierto?, le di unas cuantas al gobernador antes de que llegaran para entrometerse en mis planes —dijo Ema.

—Hija de puta… ¡Muéstrate! —dijo Ethan.

—No tan deprisa, será más divertido si te mato en el mundo real, ahí veremos quién de los dos es superior al otro —dijo Ema.

—No digas pendejadas, no sé cómo me las arreglare pero acabare contigo, no solo por mí, puedes matar a miles en el proceso —dijo Ethan.

—Solo cambiare la realidad para que jamas recapacites —dijo Ema.

—Con eso como minimo matas por lo menos a una persona en esas fechas, y solo de mis amistades cercanas, recuerda que yo entretuve a Lucifer minimizando las bajas de civiles considerablemente, creo que tú estuviste ahí —dijo Ethan.

—Te vi, y sinceramente ¿Qué me importa? —dijo Ema.

—Aunque cambies la realidad, en esta y en cualquier línea del tiempo, la realidad la cambia el cazador de sueños reviviendo a su hija y a su esposa —dijo Ethan.

—¿Tan siquiera leíste el archivo? —pregunto.

—Creo que es suficiente, la próxima vez que te vea será para matarte —dijo Ema.

Ethan despertó de golpe y la alarma para partir ya estaba sonando.

—Pensé que tendría que levantarte, toma una barra energética y vámonos —dijo Rolando mientras le lanzo una de esas barras.

Al atraparla Ethan dijo —Es una barra de cereal.

—No preguntes de que está hecha, solo cómela —dijo Rolando.

16 PACIFIC CITY PARTE **I**

Ethan y Rolando fueron rápidamente al transporte que los llevaría a Pacific City, era un helicóptero del cual saltarían a las afueras de esa ciudad.

Ambos subieron y el helicóptero despego.

—Si les sirve de algo… Good luck —dijo el piloto.

—Don't worry; we'll be back —dijo Ethan.

—Creo que los subestime —dijo el piloto.

—Creo que debemos repasar el plan —dijo Rolando.

—Claro —dijo Ethan. —Al momento en el que nos lancemos estaremos atentos ante cualquier ataque aéreo, una vez en tierra tendremos que apuntar con estas —añadió mientras hizo aparecer dos pistolas con silenciador y le entrego una a Rolando.

—Creí que solo tenías un poder –dijo Rolando.

—Estoy aprendiendo a controlarlos —dijo Ethan. —Nuestro objetivo será infiltrarnos en la red de tráfico de drogas para dar con los que crearon esas balas que sirven para potenciar las capacidades físicas de la gente, tendremos que ir a los barrios más peligrosos dentro de esa ciudad para averiguarlo, de momento mantengamos el daño colateral al mínimo, pero si la situación amerita que destruyamos un lugar lo tendremos que hacer —añadió.

—Entendido —dijo Rolando.

—Ya casi llegamos —dijo el piloto.

Ethan y Rolando fueron a una de las puertas del helicóptero para abrirla y saltaron adentrándose a un bosque, apenas aterrizaron se escuchó una explosión en el cielo y al voltear vieron que era el helicóptero que los transporto.

—Salvajes… —dijo Rolando asombrado.

—De todos modos es una de las ciudades más peligrosas del mundo —dijo Ethan.

—Hay que movernos entonces —dijo Rolando.

Se movían mientras se cubrían la espalda el uno al otro, una vez salieron del bosque llegaron a un vecindario.

Ambos enfundaron sus armas y salieron del vecindario para llegar a una estación de servició.

—Latinos right? —pregunto el cajero.

—Yes, we want to buy a map (Si, queremos comprar un mapa) —dijo Ethan.

—Tranquilos, la mayoría de la gente en esta ciudad habla español —dijo el cajero. —¿Quieren su mapa con las zonas peligrosas marcadas? —pregunto.

—Sí, por favor —dijo Ethan.

—Ustedes son de la comisión ¿Verdad? —dijo el cajero mientras buscaba entre sus cosas atrás del mostrador.

Ethan y Rolando ya estaban listos para pelear, apenas el cajero saco una escopeta Rolando le dio un tiro que le acertó entre ceja y ceja.

—Creo que no podremos confiar en nadie —dijo Ethan.

Revisaron los mapas que tenían y vieron que casi todos los lugares que se encontraban a las afueras de la ciudad estaban marcados, además de algunos bares, callejones y la zona central de la ciudad.

—Comenzaremos con los bares —dijo Ethan mientras le tomaba una foto al mapa y robo un refresco.

—¿Qué haces? —pregunto Rolando

—Es una ciudad sin ley —respondió Ethan mientras le dio un trago al refresco. —¿Quieres? —pregunto.

—No gracias —dijo Rolando mientras no terminaba de asimilarlo.

—Acabas de matar a un hombre ¿Y te afecta que robe un

refresco? —pregunto.

—Nos hubiera matado si no lo hacía —dijo Rolando.

-Sabes que esta ciudad no tiene policía, y está llena de criminales o de gente que está aliada con ellos, aquí solo hay potenciales enemigos —dijo Ethan. —Si queremos salir vivos tendremos que rebajarnos a su nivel —añadió mientras le dio un sándwich a Rolando.

Después de comer ahí, se fueron a uno de los bares que marcaba el mapa, ambos se sentaron en la barra y el cadenero pregunto —¿Qué desean?.

—Información, escuchamos de un rumor que nos interesó, deseamos comprar unas balas que hacen más fuerte a las personas que son impactadas con ellas —dijo Ethan.

—¿De dónde son? —pregunto el cadenero.

—Eso no interesa, seremos clientes —dijo Ethan. —¿Quién las hace? —pregunto.

—Bien… se hacen llamar Los Coronados, dominan el centro de la ciudad —respondió el cadenero.

—¿Y su líder? —pregunto Rolando.

—Son tres, pero nadie los conoce —respondió el cadenero.

—No me lo creo, sírvenos un trago de whisky y dinos ya —dijo Ethan.

El cadenero les sirvió el trago y dijo —Es la verdad, deberán ver eso con los proveedores, hay un tipo en el corazón de la zona central que las vende, deberán tratar con él.

—¿Alguna manera de reconocerlo? —pregunto Rolando.

—Una máscara de demonio, se encuentra en la zona donde venden cosas esotéricas —respondió el cadenero.

—Gracias —dijo Ethan mientras se tomó su trago, poco después lo hizo Rolando, pagaron y salieron de ahí para dirigirse directamente hacia la zona central de la ciudad.

—Este lugar se siente como nuestro hogar —dijo Rolando.

—No digas tonterías, un sujeto en una tienda intento matarnos y acabamos de interrogar a un cadenero, además note la forma en la que nos miraban algunos, no somos de por aquí y se nota —dijo Ethan.

—Ya, pero no… —dijo Rolando antes de recibir un disparo en el torso que reboto en su exoesqueleto.

En ese momento Ethan noto un cambio en su visión.

—Fue una bala perdida, hay un tiroteo a unos cuantos metros, escucha —dijo Ethan.

—Es cierto —dijo Rolando.

—Y sin importar la trayectoria que tomemos tendremos el riesgo de recibir una bala perdida —dijo Ethan.

—Prepárate para volar —dijo Ethan y un gigante de piedra salió desde la zona que Ethan detecto.

—Me lleva la… ¿Cómo acabaremos con esa cosa? —pregunto Rolando.

—Creatividad y máximo esfuerzo —respondió Ethan mientras dejaba fluir sus llamas.

Rolando preparo la energía de su exoesqueleto y ambos salieron volando en dirección hacia el gigante, lanzaban llamaradas y bolas de fuego para retenerlo, sin embargo varios sujetos armados empezaron a disparar contra Ethan, entonces modifico su cuerpo con la habilidad que absorbió de M.C.M potenciando sus extremidades, pateo al gigante en la frente para impulsarse y lanzo una enorme llamarada que acabo con los enemigos de la zona.

—¡Ciega al gigante! —dijo Ethan y Rolando le lanzo una llamarada a los ojos, entonces Ethan hizo que apareciera un lanzacohetes antitanques en sus manos, apunto al gigante y disparo dándole en el torso haciendo que se desmoronara dejando al descubierto a un sujeto al cual Rolando noqueo usando sus llamas de impulso para darle un puñetazo en el rostro.

—Puede llegar a ser un buen vigilante —pensó Ethan.

Ethan fue hacia donde cayó el sujeto y cuando reacciono tenía la pistola de Ethan en la frente.

—Vas a decirme todo lo que necesito saber ahora —dijo Ethan.

—Jamás —dijo el sujeto.

Entonces Ethan materializo un cuchillo en su mano y lo clavo en el hombro de aquel hombre provocando que soltara un grito desgarrador.

—¿Quién es el líder de Los Coronados? —pregunto Ethan.

—Ninguno de los altos mandos se encuentran en las calles como yo, solo soy un "peón" como los sujetos a los que mataste –dijo aquel hombre

—Ya veo —dijo Ethan y jalo el gatillo.

—Diablos —dijo Rolando.

—No es seguro dejar al enemigo con vida, entre más rápido lo entiendas más chance tendrás de sobrevivir —dijo Ethan.

Ethan y Rolando continuaron con su camino y se adentraron en el centro de la ciudad hasta llegar a la zona que les indico el sujeto del bar, ahí pudieron ver paseándose al sujeto de la máscara de demonio.

—Parece sacada de las tierras de Sasaki –dijo Rolando

—Cierto, vayamos con él –dijo Ethan

Ambos se acercaron a él y Rolando dijo –Disculpa, buscamos al proveedor de un amplificador de fuerza bastante interesante

—Creo que llegaron con el sujeto correcto, síganme –dijo el sujeto enmascarado

Ethan y Rolando le siguieron hasta llegar a un estacionamiento subterráneo.

—Bien, iré al grano, sabemos quiénes son ustedes pero no lo que hacen aquí, ningún cliente llega de esa manera en helicóptero –dijo el enmascarado.

—Creo que deberas respondernos algunas preguntas entonces –dijo Rolando.

En ese momento el sujeto se vuelve invisible y del susto Ethan activa la habilidad sensorial de Manía provocando que sus sentidos se amplificaran permitiéndole esquivar la patada que lanzo el sujeto para después dispararle en la rodilla.

El sujeto enmascarado se volvió visible de nuevo y cuando cayó al suelo se iba a disparar en la cabeza pero Ethan le disparo en la mano haciendo que soltara el arma.

—Vas a responder nuestras preguntas quieras o no —dijo Ethan.

—Primero muerto —dijo el sujeto.

—¿Seguro? —pregunto Ethan mientras se puso de cuclillas, tomo el hombro izquierdo del enmascarado con la mano derecha y dejo salir sus llamas poco a poco para ir quemando su piel y su carne cual filete.

El enmascarado empezó a gritar, entonces Ethan pregunto —¿Cómo fabrican esas balas que aumentan el potencial físico de las personas?.

—¡Yo no ayudo en su fabricación, solo las vendo! —exclamo el enmascarado.

—¿Quién las hace y en dónde? —pregunto Ethan.

—¡Lado sur de la ciudad! Es en una fábrica que parece abandonada pero realmente sigue operando de manera ilegal —respondió el enmascarado.

—Dime quienes son sus líderes —dijo Ethan.

—Son… —dijo el enmascarado antes de que de la nada su pecho reventara.

Rolando se acercó al cuerpo y dijo —Parece que era un explosivo insertado a nivel quirúrgico.

—Tendremos que ir a esa mentada fábrica —dijo Ethan.

17 PACIFIC CITY PARTE II

Entonces Ethan y Rolando se dirigieron a ese lugar a pie para no llamar demasiado la atención.

—¿Qué haremos cuando lleguemos? —pregunto Rolando.

—Robar al menos una caja con esas balas —respondió Ethan.

—Si esos sujetos tienen tanto poder como para hacerle eso a uno de sus subordinados es peligroso estar en esta ciudad.

—Es decir que lo único que haremos será robar y huir —dijo Rolando.

—Correcto —dijo Ethan.

—¿Cómo andas de combustible? —pregunto.

—No he usado ni el diez por ciento —respondió Rolando.

—Es bueno saberlo porque tendremos que volar cual cohete —dijo Ethan.

Una vez llegaron Ethan le dijo a Rolando —Dame la mano, nos hare traspasar la entrada sin que nos detecten.

Eso hizo Rolando para que Ethan canalizara su humo en el cuerpo de ambos para poder traspasar las rejas.

Se soltaron y pregunto Rolando —¿Cómo lo haces?.

—Es una variante de mis llamas —respondió Ethan. —Habrá que entrar aprovechando las bodegas, de ahí podemos sacar las balas sin siquiera entrar —añadió.

—Buena idea —dijo Rolando.

Empezaron a moverse, cuando de repente escucharon a alguien decir —¿Van a algún lado?.

Al ver que un láser los apuntaba se detuvieron.

—Así me gusta, no pensé que llegáramos a tener la visita de tremenda personalidad y su ayudante, dense la vuelta.

Eso hicieron y podían ver que era un hombre con un smoking blanco con camisa morada y una corbata negra, cabello negro medianamente largo, tenía una tez blanca y media aproximadamente un metro setenta y cinco que les apuntaba con un par de pistolas.

—¿Quién eres? —pregunto Ethan.

—Soy uno de los sujetos que buscan, me presento, soy el coronado principal, llámenme Copycat.

—Con que esas tenemos —dijo Rolando.

—Ethan Exford, ¿Por qué te preocupas por averiguar el origen de esto? Podrías unirte a nosotros y ser una pieza clave en el grupo —dijo Copycat.

—No estaría aquí si tu estúpida droga no hubiera llegado a mi hogar —dijo Ethan.

—Eso a mí no me importa, Arnoldo pago bien por su cargamento —dijo Copycat.

Entonces Copycat se lanzó al ataque en contra de Ethan, Ethan esquivo un puñetazo pero era una trampa, Copycat lo tomo del rostro y le lanzo una llamarada de lleno haciéndolo retroceder hasta que choco contra el portón de la entrada.

—Este es mi poder, puedo copiar el poder de cualquier persona a la que toco durante media hora como máximo —dijo Copycat —Y puedo intercalar —añadió mientras uso sus llamas para llegar rápidamente a Rolando y al golpearlo con la palma quiso expulsar o acumular poder, lo que sea que hiciera el supuesto poder de Rolando, al ver que no hizo nada se alarmo y antes de que pudiera hacer algo Rolando prendió en llamas su pie para darle más velocidad a su patada, la cual acerto de lleno en la cabeza de Copycat dejándolo inconsciente.

—Idiota —dijo Rolando.

Ethan se acercó a la escena y dijo —Buen trabajo.

—¿Lo matamos? —pregunto Rolando.

—Demasiado arriesgado —respondió Ethan. —Hay que esconderlo —añadió mientras materializo una cuerda y una mordaza.

Ataron a Copycat y lo amordazaron para después meterlo dentro de un contenedor de basura que ahí había.

—Va saliendo un camión —dijo Ethan al escuchar un motor

—Vamos por él —dijo Rolando.

Mientras tanto con Ema...

Ella se encontraba en una zona abandonada entrenando su habilidad con civiles que ella secuestro.

—No, todo mal, todo mal —dijo molesta. —Con mis rosas debería dejarlos en un sueño profundo, no matarlos —añadió.

En eso Oscuridad Viviente llega junto al padre de Ethan.

—Traje al señor Exford como me encargaste —dijo Oscuridad Viviente.

Ema se da la vuelta para tenerlos de frente y dijo —Bienvenido.

—Ve al punto —dijo el padre de Ethan.

—Ya que se deslindaron de Ethan y que usted y su esposa nos ayudaron a casi matarlo, le tengo un trabajito —dijo Ema.

—Si es enfrentarlo uno a uno me niego —dijo el padre de Ethan.

—Si no lo hace destruiré todo lo que ama, empezando por su esposa —dijo Ema. —¿Ve a aquellas personas muertas que tienen una enredadera con rosas en sus ojos? Eso le va a pasar a ella si no colabora, espero haber sido clara —añadió.

—Él se volvió un monstruo, ¿Qué oportunidad tendré siendo un simple civil? —dijo el padre de Ethan.

—Tengo en mi poder un cargamento de balas experimentales que aumentan tus capacidades físicas hasta un doscientos por ciento, además de que tenemos un trato con el gobierno, puedo conseguirle una especie de armadura que le ayude a resistir los ataques de su hijo —dijo Ema.

—Estás loca —dijo el padre de Ethan.

—Las mentes brillantes lo están —dijo Ema.

—Bien... —dijo el padre de Ethan. —Dame los detalles de la misión —añadió.

Ema soltó una carcajada y dijo —Sabía que aceptarías, Esteban, escolta al señor Exford a nuestra base y que espere instrucciones.

—Entendido, señor, venga conmigo —dijo Oscuridad Viviente.

Ambos se van del lugar y Ema dice al aire —A ver si eres capaz de matar a tu padre con tus propias manos…

18 VOLVER A CASA

Ethan estaba limpiándose sangre que tenía en su cara mientras Rolando estaba conduciendo el camión.

—Tenemos aproximadamente diez cajas de una tonelada cada una —dijo Rolando –Puta madre —añadió.

—Esto se pondrá feo, quien sabe a quién más le vendan en lo que se tomen acciones —dijo Ethan.

—Acabamos de salir de Pacific City —dijo Rolando y aumento la velocidad.

—¿Sabes lo que se vendrá cuando regresemos a casa verdad? —pregunto Rolando.

—¿Volvamos? ¿En plural? Pensé que no querías regresar —dijo Ethan.

—Sí, mira, no me perdonaría si mueres porque te deje a tu suerte —dijo Rolando.

—Por esa determinación es que te respeto —dijo Ethan. —Por cierto, te recomiendo checar cuanto combustible te queda en el exoesqueleto —añadió.

—Antes de partir a casa lo rellenare, apenas entremos podrán atacarnos en cualquier momento —dijo Rolando.

Al llegar al comité de caza recompensas estadounidense se reportaron con Jack para que pudieran investigar el cargamento de balas experimentales que tenían en ese camión.

—Good job, con esto basta y sobra, les ayudaremos con tropas y armas, vayan primero ustedes, los alcanzaremos —dijo Jack.

Rolando fue a llenar el tanque de su exoesqueleto junto con Ethan que aprovecho para comer en una estación de servició que estaba cerca para recuperar energías.

Rolando llego con él después de rellenar combustible, y Ethan le ofreció un sándwich ya que era consciente que una vez en México debido al peligro que correrían sería difícil detenerse a comer algo.

—Gracias —dijo Rolando mientras tomo el sándwich.

Ambos comieron y bebieron ahí para después partir hacia México, una vez en la frontera quien los recibió fue Alan, estaba vestido con una sudadera con capucha, unos lentes de sol, pantalones de mezclilla y tenis.

—Vengan conmigo, pero pónganse esto —dijo Alan mientras les dio a cada uno una máscara hiperrealista.

La máscara que se puso Ethan lo hizo ver como un sujeto pelirrojo de cabello corto y la de Rolando era la de un sujeto calvo con una barba poblada.

—Los llevare con los que quedamos —dijo Alan y ambos lo siguieron.

—¿Qué paso en nuestra ausencia? —pregunto Ethan.

—Todo se fue a la mierda en todo el país, parece que ya llegaron esas balas hasta la ciudad de México y se están traficando a un ritmo alarmante —respondió Alan. —Ahora todos somos fugitivos y nos trataran como terroristas —añadió. —¿Lograron solicitar ayuda? —pregunto Alan.

—Sí, pueden llegar en cualquier momento —respondió Rolando.

—Entiendo, hare comunicación con ellos apenas lleguemos al escondite —dijo Alan.

De repente Alan se detuvo en lo que parecía ser una iglesia abandonada en una de las partes peligrosas de la ciudad en donde se encontraban, entraron y tenían equipo instalado de manera improvisada.

—Es aquí, pueden descansar en las bancas en lo que les doy más instrucciones —dijo Alan.

—Gracias señor —dijo Ethan.

Alan se alejó y tanto Ethan como Rolando se sentaron.

Ethan apenas iba a hablar pero cuando volteo vio que Rolando se había quitado la máscara y estaba dormido sentado, entonces se distancio un poco para poder recostarse en una parte de lo que quedaba de banca y a los pocos minutos se quedó dormido también.

Su sueño fue tan profundo que termino entrando al mundo mental.

Se encontraba en la misma locación de su bosque, al darse cuenta dijo —Muéstrate de una vez.

Entonces se escuchó el eco de Ema decir —No hay necesidad, solo vengo a avisarte que mande por ti a alguien que te será muy difícil matar.

—La única razón por la que siguen vivos es que han recurrido a huir —dijo Ethan. —¿De quién se trata esta vez? —pregunto.

—No quieres arruinar la sorpresa, es todo lo que te puedo decir —dijo Ema.

En ese momento Ethan se desmaya en el mundo mental y despertó en el real.

—Esa hija de puta —pensó Ethan.

Se levanto y al ver a su alrededor nada cambió y Rolando seguía dormido a medio metro de él.

—Puta madre… —dijo Ethan en voz baja.

—Despertaste muy temprano, son las cinco de la mañana –dijo Alan mientras estaba sentado en la banca de atrás.

—¿Crees que salgamos vivos de esta? —pregunto Ethan.

—Realmente no lo sé —respondió Alan. —¿De dónde conoces a Rolando? —pregunto.

—De la preparatoria, me imagino que tú recuerdas lo que ocasiono que las personas externaran poderes en el mundo real —dijo Ethan.

—Entonces toda esa destrucción donde demonios emergían de un portal no era un sueño… —dijo Alan.

—No, tengo la teoría de que las realidades se distorsionaron, incluso cabe la posibilidad de que quien ocasiono todo eso siga vivo teniendo una rutina de civil —dijo Ethan.

—¿Qué buscaba ese sujeto? —pregunto Alan.

—Revivir a su esposa y a su hija –respondió Ethan.

—Vaya… no cabe duda que este mundo… ambos mundos son bastante complejos —dijo Alan.

—¿Qué recuerdas de esa noche? —pregunto Ethan.

—Varias veces casi me matan, sobreviví defendiéndome con una pistola, era policía antes de que se creara todo este asunto de los caza recompensas —respondió Alan. —Después de eso solo recuerdo quedar inconsciente y despertar en mi cama —añadió.

En eso Rolando dice con una voz apagada —¿A qué se refieren

con dos mundos?.

—Es una larga historia que algún día te contare –respondió Ethan.

—Ya que los dos están despiertos, atacaremos al gobernador Arnoldo Villareal en unas horas —dijo Alan.

—¿Cómo lo haremos? —pregunto Rolando.

—Jack, el líder del comité estadounidense vendrá por nosotros tres, el resto del personal se va a quedar aquí —dijo Alan.

—¿No quedan más caza recompensas? —pregunto Rolando.

—Todos estamos siendo perseguidos, reuní a los de inteligencia y los escondí, el resto están consiguiendo información, Sasaki está intentando encontrar el escondite de Ema y el apoyo estadounidense viene en camino, accedieron a cedernos soldados, pero a ninguno de sus caza recompensas —dijo Alan.

—Me lo imaginaba —pensó Ethan.

—Antes de que se me olvide, Nero y Zero vengan para acá —dijo Alan mientras volteo a ver para atrás.

Entonces se acercaron dos gemelos de aproximadamente dieciséis años, tenían la piel aperlada, el cabello negro, eran de complexión delgada y median aproximadamente un metro sesenta y seis.

—¿Cuál es su poder? —pregunto Ethan.

—Súper velocidad —dijo Nero.

—Así es —dijo Zero.

—¿Esos realmente son sus nombres o son apodos? —pregunto Rolando.

—Apodos —dijo Nero.

—Los elegimos porque rimaban entre sí —dijo Zero.

—Niños al fin y al cabo —dijo Ethan.

—¡Oye! —dijeron Nero y Zero algo molestos.

—Desde hace dos años trabajan en el comité, sus padres los abandonaron cuando surgieron sus poderes, a comparación de lo que se pudiera pensar no usaron sus habilidades para el mal —dijo Alan.

—Nuestros padres dijeron que éramos demonios y nos echaron —dijo Nero.

—Incluso a mí me rompió papá una botella de agua bendita en la cabeza —dijo Zero.

—Hacíamos mandados para poder comer —dijo Nero.

—Hasta que Alan nos encontró para ofrecernos trabajo —dijo

Zero.

—Alan, solo son niños —dijo Ethan mientras recordó las peleas que tuvo cuando él era más joven.

—Que no somos niños —dijo Zero.

—Espera Zero —dijo Nero mientras se le acercó al oído para decirle —Mira sus ojos.

Eso hizo y entonces Zero le dijo a Ethan —Tú también peleaste antes de ser adulto.

—¿Cómo lo saben? —pregunto Ethan.

—Tienen una buena intuición —dijo Alan. —Ese sujeto que tienen en frente peleo solo contra cosas que no se imaginan —añadió.

En eso se escucha una voz tras la puerta de la entrada que dijo

—Alan, I'm here.

—Ese es Jack, vámonos —dijo Alan y los cuatro lo siguieron.

19 ATAQUE SORPRESA

Los cinco salieron y vieron que Jack estaba en un automóvil.

—Suban —dijo Jack y eso hicieron.

Empezaron su camino y dijo Jack —Okay, seré claro, el gobernador Arnoldo Villareal va a dar una conferencia de prensa en el aeropuerto de esta ciudad.

—¿Sabes manejar un rife de francotirador? —pregunto Jack.

—Sí —respondió Ethan mientras materializo un rifle en sus manos.

—Amazing, entonces ya tenemos quien ataque a distancia, la misión es sencilla, matar al gobernador Arnoldo Villareal —dijo Jack. —Eso hará que se desestabilice el sistema y también Ema – añadió.

—Niños, ustedes entraran si Ethan falla el disparo —dijo Alan mientras les dio un cuchillo a cada uno.

—¿Por qué no nos da un arma de fuego? —pregunto Nero.

—Porque nadie se esperara que usen su súper velocidad para provocarle una herida letal, no son tan conocidos porque siempre hacen misiones donde están encubiertos —respondió Alan.

—Entendido —dijo Zero.

Al llegar al aeropuerto Ethan se convirtió en humo para moverse entre la multitud y esconderse entre las hierbas de una colina que estaba frente al lugar de la conferencia de prensa y apunto.

Nero y Zero estaban escondidos entre la multitud, al igual que Rolando, Alan y Jack.

El evento comenzó y Arnoldo subió a la tarima para empezar a hablar.

—Buenas tardes a todos, vengo a hablar sobre una situación que empezó a ser una problemática para la seguridad de los civiles, hablo de los caza recompensas, como ya sabrán intentaron atacarme de manera injustificada… —dijo Arnoldo.

Entonces Ethan dijo –Puto viejo ridículo

Disparo y un sujeto en una clase de exoesqueleto que se veía bastante tosco detuvo la bala.

—No creas que no te reconozco solo porque ese exoesqueleto de cubre el rostro —dijo Ethan.

Mientras tanto la gente entro en pánico por el disparo, entonces Nero en un parpadeo ya le había cortado el cuello al gobernador Arnoldo, Alan uso su telequinesis contra los guardias para que no atacaran a Nero, Zero corría a toda velocidad mientras atacaba a los refuerzos que llegaban para auxiliar al gobernador.

Jack tomo distancia de los hechos para abrir múltiples portales que le permitieron a sus tropas desplegarse con éxito.

—¡Por la libertad! —exclamo Jack mientras veía como los militares a su cargo salían de los portales.

Volviendo con Ethan…

Su padre lo atacaba sin tregua usando los propulsores de su exoesqueleto para seguirle el paso, Ethan se defendía y bloqueaba todo lo que podía, usaba su humo para tomar por sorpresa a su padre y acertarle de lleno golpes envueltos en fuego.

El padre de Ethan aumentaba la velocidad de sus ataques hasta que pudo poner su palma en frente de la cara de Ethan y le lanzo una explosión que tuvo un impacto similar a una escopeta.

—Me niego… ¡A morir! —dijo Ethan y le dio de lleno una llamarada haciéndolo chocar contra un avión.

El padre de Ethan uso sus propulsores para acercarse rápidamente de nuevo a Ethan, pero Ethan le dio de lleno un puñetazo que le rompió su máscara, lo tomo del rostro, uso un impulso para elevarse por los aires, lanzo a su padre contra un avión estacionado y lanzo una bola de fuego a la zona del combustible haciendo que el avión explotara una vez su padre chocara contra él.

—Hasta nunca —dijo Ethan, volteo a su alrededor y pudo ver que ya había iniciado una batalla campal.

Poco a poco fueron despejando el lugar y ese mismo día tomaron el aeropuerto, se estaba atendiendo a los heridos y de repente le entro una llamada a Alan desde su celular y decidió responder.

—¿Hola? —pregunto Alan.

—Señor, encontré el escondite de Ema y no le gustara saber lo que encontré —respondió Sasaki.

—Aunque no me guste dímelo —dijo Alan.

—Ya termino la máquina y está en cuenta regresiva para activarse, tenemos tres días —dijo Sasaki.

—Movilizare a los demás de inmediato —dijo Alan.

—Que sea de manera discreta, en toda la ciudad hay militares que están del lado de Ema —dijo Sasaki.

—Entendido, te alcanzaremos lo más pronto posible, corto —dijo Alan y colgó.

Ethan junto con algunos militares apagaban el fuego del avión que exploto, pero al terminar vio que no estaban ni siquieras los restos de la armadura que llevaba su padre.

—Escapo, algo me dice que no será la última vez que venga por mí —pensó Ethan.

Rolando se encontraba rellenando el combustible de su exoesqueleto y Nero estaba con Zero comiendo unas barras de una de las máquinas expendedoras.

Alan fue por cada uno para reunirlos y decirles la situación.

—Entonces solo tenemos tres días —dijo Rolando.

—¿Qué estamos esperando? —preguntaron Nero y Zero.

—No es tan sencillo, haremos que Jack se infiltre en la ciudad y cuando abra los portales atacaremos, la máquina de Ema está ubicada en el sótano de la mansión que está en estas coordenadas —dijo Alan mientras les mostro la información que le dio Sasaki.

—¿Es una bomba? —pregunto Zero.

—Es algo peor, le permitirá hacer que la realidad retroceda en el tiempo, eso puede cambiar drásticamente algunos eventos, incluso sé a qué año quiere regresar, en esa época fue cuando obtuvimos nuestros poderes, incluso puede que dejemos de existir —dijo Ethan.

—¿Cómo lo sabes? —pregunto Alan.

—¿A alguien le suena el mundo mental? —pregunto Alan.

—No —dijeron todos al unísono.

—Eso significa que los poderes surgieron de manera aleatoria —pensó Ethan.

—Hace algunos años sucedió un incidente que provoco que ese mundo y el mundo real se fusionaran, ese evento nos dio nuestras habilidades —dijo Ethan. —Bueno, excepto a algunos —añadió mientras miro a Rolando.

—Es decir que si no sucede como paso originalmente moriremos todos —dijo Alan. —¿Esos recuerdos que tengo eran ese evento del posible fin del mundo? —pregunto.

—Exacto —dijo Ethan.

—Bien muchachos, a trabajar, prepárense mientras voy a hablar con Jack —dijo Alan y se fue.

—¿Qué nos espera al llegar? —pregunto Nero.

—Nada más que caos y plomo, les sugeriría que una vez en batalla no se apiaden de nadie que no sea civil o del comité —respondió Ethan.

20 PLAN DE CAZA

Jack fue enviado a la ciudad donde se encontraba la máquina de Ema, para mantener un perfil bajo llego en autobús y se quedó en un hotel barato para poder llamar a Alan.

—Friend, esto será más complicado de lo que pensé, no sé de donde salen tantos militares, no podría llamarte desde afuera aunque quisiera —dijo Jack.

—No hay problema, solo necesitamos que te acerques al escondite de Ema para que ahí mismo hagas aparecer a la caballería —dijo Alan.

—Entendido —dijo Jack.

—Corto —dijo Alan y colgó.

Jack preparo un par de pistolas para guardarlas en su abrigo, junto con 3 cartuchos para cada una, además de un cuchillo.

Salió de su habitación para ir a las coordenadas que Alan le dio, camino por la ciudad viendo que las calles estaban extremadamente vigiladas, pero entre más peligrosas eran las calles menos elementos había.

En eso alguien intenta atacarlo pero le logra hacer un corte en el cuello y continúo con su camino.

—Si uso las pistolas llamare la atención —pensó Jack.

Al llegar al lugar se escondió entre la hierba alta y pudo sentir la presencia del poder activo de alguien a unos metros, cuando vio siluetas negras moviéndose se dio cuenta que era la habilidad de uno de los aliados de Ema.

—Tengo suerte de que sea de noche —pensó Jack y abrió los portales permitiendo que todos salieran de ahí comenzando así una batalla campal.

—¿Qué mierda? —dijo Oscuridad Viviente y genero más sombras para atacar.

Pesadilla salió de la mansión para intentar inutilizar a la mayor cantidad de gente posible pero no esperaba que Sasaki llegara a cortarle la cabeza.

—Puede que te sorprendieras, pero yo no peleo con odio en mi corazón —dijo Sasaki.

Ethan llego lanzando llamaradas y usando su humo para moverse rápidamente entre la multitud, entonces recibió una explosión controlada de lleno que lo detuvo de golpe.

—No pasaras —dijo el padre de Ethan.

—Debiste esconderte en lugar de venir –dijo Ethan.

Ethan uso su humo para distraer a su padre y darle un puñetazo que venía acompañado de una llamarada, su padre se defendió lanzando golpes acompañados de pequeñas explosiones y usando los propulsores que tenía integrados en su exoesqueleto para aumentar su velocidad.

Rolando estaba peleando contra Toxic, ella trataba de acertar sus ataques en los que lanzaba líquido corrosivo, Rolando esquivaba y trataba de acertarle un ataque, ninguno de los dos cedía.

Nero y Zero mantenían a raya la cantidad de sombras que aparecían y Sasaki trataba de matar a Oscuridad Viviente.

Mientras tanto Ema trataba de acelerar la activación de su máquina.

Volviendo con Ethan…

Tanto su padre como él empezaban a mostrar fatiga, entonces la adrenalina que corría por el cuerpo de Ethan hizo que su energía pudiera llegar más allá de las habilidades que podía usar, su padre trato de atacarlo con un puñetazo impulsado con sus propulsores pero Ethan creo una pared invisible que lo hizo impactar de lleno rompiendo el guante de su exoesqueleto.

Ethan deshizo la pared y creo múltiples copias de sí mismo para que atacaran de lleno a su padre haciendo que su exoesqueleto terminara completamente destruido.

—No te matare —dijo Ethan. —Solo sería hacerte un favor —añadió y deshizo a sus copias.

—Mierda… —dijo el padre de Ethan y se desmayo.

Entonces una raíz atravesó el pecho de Ethan.

—Perdón por la tardanza –dijo Ema desde atrás de Ethan.

—Hija de puta… —dijo Ethan.

—Mientras hablamos me encargue de que solo queden diez minutos y morirás antes de eso —dijo Ema.

Sin embargo Ema no contaba con que Ethan había absorbido también a Bestia, las llamas de Ethan se tornaron de color morado y calcino la raíz que lo atravesó mientras modificaba su cuerpo para regenerar su corazón.

—Si tengo poco tiempo debo apresurarme en darte tu merecido —dijo Ethan mientras empezaba a tener el aspecto de un animal salvaje humanoide.

Ema tomo una forma similar a la de un demonio y alrededor suyo empezaron a crecer enredaderas con rosas.

—¿Piensas lanzarme flores hasta que te canses? —pregunto Ethan.

Entonces una espina le paso rosando a Ethan.

—No debí subestimarla —pensó Ethan y se lanzó al ataque.

Ema trato de herirlo de gravedad pero sus raíces se quemaban antes de llegar a Ethan.

Solo fue cuestión de tiempo para que Ethan le diera de lleno varios golpes y una llamarada que muy apenas pudo bloquear con un muro hecho de raíces.

Cuando deshizo el muro, Ethan la tomo de la cabeza y la lanzo contra la mansión, uso su humo para aparecer enfrente de ella y cuando se iba a levantar la pateo haciendo que cayera por las escaleras que llevaban al sótano.

—Desactívala —dijo Ethan.

—Jamás —dijo Ema mientras lanzo una combinación de golpes, los cuales Ethan bloqueo y le dio un puñetazo de vuelta el cual la obligo a retroceder.

Ethan acumulo energía en uno de sus brazos y dijo —Te di la oportunidad de terminar esto sin tener que hacer explotar nada.

—De todos modos me vas a matar, soy consciente de que tan peligrosa me consideran —dijo Ema.

—Diría que lamento la situación, pero la verdad es que no, hiciste todo esto por un capricho —dijo Ethan y lanzo una bola de fuego que al chocar contra la máquina de Ema se expandió y exploto haciendo que Ema e Ethan desaparecieran de la habitación.

Reaparecieron en la misma habitación pero no estaba todo lo que hizo Ema.

—¡Idiota! —exclamo Ema.

—Creí que ambos moriríamos —dijo Ethan.

—Hiciste que retrocediéramos en el tiempo imbécil —dijo Ema. —Y ya no podemos volver —añadió.

—Eso significa que de dónde venimos ya es solo una línea temporal —dijo Ethan.

—¿Cómo lo sabes? —pregunto Ema.

—Leía mucha ciencia ficción en esta época —respondió Ethan.

—Si dices otra estupidez te voy a matar –dijo Ema.

—Espera, si no podemos regresar y retrocedimos en el tiempo hasta donde creo que lo hicimos… Estamos a pocos días de la batalla contra el infierno —dijo Ethan.

—Espero no sugieras una tregua —dijo Ema.

—No es como que me guste la idea, pero es la única opción que tenemos, podemos modificar el portal que hará el cazador de sueños para regresar a nuestro presente y de paso seguiremos existiendo en el mundo real —dijo Ethan.

—Odio admitirlo, pero creo que puede funcionar —dijo Ema. —Bien, colaboraremos —añadió.

—Solo una cosa, si tratas de verme la cara te mato, te prestare mi fuerza mientras no intentes traicionarme —dijo Ethan.

—Sé admitir mi derrota, lograste hacer mierda mi plan y probablemente estén arrestando o matando a mis aliados mientras hablamos —dijo Ema. —Qué quieras hacer una alianza quiere decir que no intentaras matarme en el proceso —añadió.

—Apenas tengamos éxito continuare con mi misión —pensó Ethan.

21 EXPLORANDO EL PASADO

—El plan es simple, tendremos que abrirnos paso al portal para cerrarlo, entonces lo calibrare para que nos permita viajar en el tiempo, mientras trabajo necesitare que me cubras —dijo Ema.

—Entiendo —dijo Ethan.

—Tendremos que atender nuestras heridas —dijo Ema.

—Conozco a alguien que puede ayudarnos —dijo Ethan.

—Cierto, Rolando te ayudo con tus heridas en aquella ocasión –dijo Ema.

—¿Cómo lo sabes? —pregunto Ethan.

—Eh… Digamos que me cole para ver un poco de tus recuerdos alguna vez —respondió Ema.

—Eso paso el mismo día en que rompimos —dijo Ethan. —¿Sabes? Olvídalo, no debería sorprenderme considerando todo lo que hiciste para hacer retroceder el tiempo de toda nuestra realidad —añadió.

—¿Me vas a guiar a donde Rolando o no? —pregunto Ema.

—Vamos —respondió Ethan.

Ethan guio a Ema a la casa de Rolando y al llegar dijo Ema –Es más pequeña de lo que parecía.

—Cállate —dijo Ethan y toco la puerta.

Entonces abre Rolando y pregunto —¿Qué no te acabo de atender?.

—Es una larga historia, por favor ayúdanos —dijo Ethan.

—Pasen… —dijo Rolando y tanto Ethan como Ema pasaron.

—Ambos retírense la camisa, blusa o lo que sea que traigan y tomen asiento —dijo Rolando.

Eso hicieron y cada uno se sentó en una silla.

—No son los mismos Ethan y Ema que conozco —dijo Rolando. —Ambos están demasiado desarrollados anatómicamente —añadió.

—Es una larga historia como te dije, pero si nos ayudas todo seguirá en orden —dijo Ethan.

—Bien… —dijo Rolando. —La que está más grave es Ema, empezare por ella —añadió.

—Claro, haz lo que debas —dijo Ethan.

Rolando se puso en frente de Ema y dijo —Puede que esto te duela por un momento.

Puso dos de sus dedos en su nariz y se la acomodo, le puso dos algodones en las fosas nasales en caso de que sangrara y comenzó a atender los cortes que tenía en su rostro.

—Ninguno de los dos necesita puntos pero terminaron hechos mierda, no puedo hacer nada por los moretones pero si por los cortes y en tu caso Ethan te ayudare con ese hombro dislocado —dijo Rolando.

—Gracias —dijo Ema.

—Ahora tú Ethan —dijo Rolando mientras se acercó a donde Ethan estaba sentado.

—Claro —dijo Ethan.

Rolando lo tomo de la mano y jalo su brazo con fuerza haciendo que su hombro volviera a su sitio.

—No estás tan hecho mierda del rostro, con desinfección estarás bien —dijo Rolando y procedió a atenderle el rostro a Ethan.

—Gracias —dijo Ethan.

—Para eso estamos hoy y en cualquier momento del tiempo –dijo Rolando. —No se hagan los tontos, es obvio que viajaron en el tiempo —añadió.

—Mientras no nos encontremos con nuestras otras versiones estaremos bien —dijo Ema mientras se ponía su blusa.

—Supongo que tienes razón —dijo Rolando. —Creo que puedo ayudarles con su ropa también —añadió.

—¿Cómo? —pregunto Ethan.

—¡Alejandra! —exclamo Rolando.

—¿Qué quieres? —Se escuchó desde el segundo piso.

—¿Estás ocupada? Necesitamos de tus conocimientos de costura aquí —dijo Rolando.

—Voy —dijo Alejandra y bajo.

—Es como ver a Rolando con peluca —pesó Ethan.

Fue a ver el saco de Ethan y dijo —Esto está hecho de un material extraño, creo que puedes prestarle una de las camisas que ya no te quedaron, a quien creo que si podría ayudar es a la chica –dijo Alejandra refiriéndose a Ema. —Tú quédate con él, yo me la llevo a ella —añadió.

Ema siguió a Alejandra y cuando Rolando termino de atender a Ethan lo llevo a su habitación que era donde tenía las playeras que menciono su hermana.

—Elige la que quieras —dijo Rolando.

Ethan se terminó decantando por una camisa blanca y se la puso.

—Nada mal —dijo Rolando.

—Gracias, realmente no sé lo que haríamos sin tu ayuda —dijo Ethan.

—¿Qué los trajo a este lugar en el tiempo? —pregunto Rolando.

—No puedo dar muchos detalles, solo te puedo decir que estamos intentando regresar, fue prácticamente un accidente —respondió Ethan.

—Esos prácticamente normalmente significa que la cagaste —dijo Rolando. —Pero confió en ti —añadió.

Ambos salieron de la habitación y vieron que Alejandra ya había terminado de reparar la blusa de Ema.

—Sin querer terminaron casi a juego —dijo Alejandra.

—Tenía una camisa blanca debajo de mi saco, y como me es cómodo moverme con esta tela encima por eso la preferí —dijo Ethan.

—Creo que les puedo ayudar con algo más, hay un calzado que me llego y que por cosas del destino no se pudo vender —dijo Alejandra. —Son botas unisex que tienen casquillo de hierro en la punta —añadió mientras fue a buscar a su habitación.

—Gracias, pero estos zapatos están hechos para soportar mis patadas y para un par de cosas más —dijo Ethan mientras dejo salir una pequeña cantidad de fuego de la suela de su zapato mientras levantaba el pie.

—Increíble, se adapta como si fuera una especie de propulsor —dijo Rolando.

—Presumido, yo te acepto las botas —dijo Ema.

—Ya veo, bien aquí tienes —dijo Alejandra mientras le entrego un par a Ema.

—Gracias —dijo Ema y se puso las botas.

—Agradecemos la ayuda de ambos —dijo Ethan.

—Claro —dijo Alejandra.

—Nos veremos después amigo —dijo Ethan refiriéndose a Rolando.

Ethan y Ema se fueron de ahí y se encontraron a la distancia a sus versiones más jóvenes, al percatarse ambos se escondieron detrás de un coche.

—Que incomodo… —dijo Ethan.

—Recuerdo este día —dijo Ema.

Mientras tanto con sus versiones más jóvenes…

—¿Vez? Lo sabía, no harías nada

—Cállate, prefiero usar este resentimiento para evitar una catástrofe, no vale la pena que me desquite contigo

Volviendo con sus versiones actuales…

—Me pase, lo siento —dijo Ema.

—Mira, no te odio, pero no puedo perdonarte —dijo Ethan.

—¿Por eso intentaste matarme? —pregunto Ema.

—Ema… mataste a muchos inocentes y fuiste enemigo público, me encargaron matarte por eso, no tenía ningún motivo personal —respondió Ethan ya algo molesto

—Entiendo, fue una pregunta tonta —dijo Ema.

—Si esto ya paso significa que esta noche inicia la batalla —dijo Ethan.

—Mierda, es cierto —dijo Ema.

—¿Prefieres que esperemos en algún lugar en específico o salimos cuando pase? —pregunto Ethan.

—Vamos al centro de la ciudad —respondió Ema.

—Antes de eso, ten —dijo Ethan mientras le dio un paliacate a Ema. —Oculta tu identidad, a partir de este punto no podemos garantizar que no nos toparemos cara a cara con nuestras versiones del pasado, así que tenemos que ocultar nuestro rostro —añadió.

—¿De dónde lo sacaste? —pregunto Ema.

—Los robe en una misión que hice en el presente —respondió

Ethan y se puso el suyo de tal manera que le cubría la nariz y la boca.

Ema hizo lo mismo y partieron de manera sigilosa hacia el centro de la ciudad.

22 REVIVIENDO LA CATÁSTROFE

Después de un rato se encontraban en el techo de uno de los edificios más altos de la ciudad.

—En cualquier momento todo se va a ir a la mierda —dijo Ema.

—Disfruta de la vista mientras tanto —dijo Ethan.

Después de unos minutos un enorme portal se abrió a la distancia y empezaron a salir demonios de ahí.

—Hora de la acción —dijo Ethan y se impulsó con sus llamas mientras que Ema creaba plataformas con sus enredaderas para poder seguirle el paso a Ethan.

Ema hacia emerger raíces que se clavaban en los demonios y los desmembraban, mientras que Ethan lanzaba llamaradas y materializaba armas para abrir fuego contra los demonios.

—Ten —dijo Ethan y fue hacia Ema para darle un machete.

Entonces Ema no solo usaba raíces, intercalaba entre ataques con machete y ataques con sus raíces.

Ethan empezó a hacer paredes invisibles con pinchos enormes para después lanzarlas contra los demonios.

Mientras se abrían paso escucharon un estruendo enorme y vieron que era el Ethan del pasado peleando contra el cazador de sueños.

—A veces no me creo los huevos que tuve en este día —pensó Ethan.

Entonces alguien le logro dar un puñetazo a Ethan que lo obligo a retroceder y cuando dirigió la mirada al responsable vio que era Lucifer.

—No sé quién seas, pero tu poder llamo mi atención —dijo Lucifer y contrajo sus alas.

—Ethan, déjame darte una mano —dijo Ema.

—¿Ethan? Un momento… Oh no —dijo Lucifer antes de soltar una carcajada. —Con que viajando en el tiempo, no tienen idea del mal que le pueden provocar a su realidad si la cagan —añadió.

—No importa cuántas veces tenga que hacerte frente, te mantendré a raya —dijo Ethan.

—Vengan por mí entonces —dijo Lucifer.

Ethan se lanzó al ataque al igual que Ema.

Ethan opto por modificar sus piernas para hacer más corto su tiempo de respuesta y sus nudillos los hizo más duros para no tener que lanzar llamas a lo loco, Ema sacaba raíces del suelo y aumento su flujo de energía haciendo que tomara su transformación de demonio para poder así aumentar la velocidad y letalidad de sus ataques.

Lucifer soltó una carcajada mientras esquivaba los ataques y dijo refiriéndose a Ema —Son más interesantes de lo que esperaba, me imagino que tu versión del pasado es la niña gritona con cuernos que está a varios metros de nosotros.

—Cállate —dijo Ema y logro atravesar a Lucifer con una de sus raíces.

Ethan aprovecho que lo inmovilizo para aumentar la potencia de sus llamas al punto que se volvieron moradas y al lanzarle la llamarada se pudo notar que al menos le hizo un mínimo de daño.

—Nada mal —dijo Lucifer mientras se liberó de la raíz de Ema y se regenero.

—Eso no es justo —dijo Ema algo frustrada.

—La vida no es justa señorita —dijo Lucifer y se lanzó al ataque.

Iba a acertarle un golpe de lleno a Ema pero Ethan la protegió con una pared invisible.

—Veo que en el futuro aprenderás trucos nuevos —dijo Lucifer refiriéndose a Ethan.

En eso Ethan le genera pinchos gigantes a la pared destrozándole la mano a Lucifer, al no ver de dónde vino la amenaza se vio obligado a tomar distancia para regenerarse.

—No le quites la vista de encima —dijo Ethan refiriéndose a Ema.

—Solo retrasan lo inevitable —dijo Lucifer y se fue contra Ethan.

Ethan logra esquivarlo y le da un puñetazo en un costado atravesándolo y sacándole un pedazo de costilla a Lucifer para después clavárselo en un ojo.

—¡Mierda! —exclamo Lucifer.

Entonces Ema lo atraviesa con varias raíces y lo desmiembra.

—Eso nos dará tiempo, vámonos —dijo Ethan.

—Hay que acabar con él —dijo Ema.

—Es inmortal, es imposible matarlo —dijo Ethan y ambos se fueron corriendo hacia el portal.

Y cuando ya estaban a medio metro del portal Lucifer se les puso en frente.

—Debo decir que me dolió eso que me hicieron —dijo Lucifer.

—¿En qué nos quedamos? —pregunto.

Lucifer modifico sus manos para tener garras y lanzo un corte que Ethan quiso bloquear con una barrera invisible, pero de un solo ataque se terminó rompiendo.

Al ver eso tanto Ema como Ethan se lanzaron al ataque, Lucifer esquivaba los golpes, hasta que Ethan tomo a Lucifer del cabello, lo ensarto en el suelo y en su otra mano materializo una escopeta de combate, apunto a la cabeza y disparo hasta dejar el cargador vació.

—Chico… me estoy empezando a enojar —dijo Lucifer mientras tenía desecha la mitad de su cabeza.

Con una onda expansiva alejo a Ethan y se puso de pie.

—Ya me canse de ustedes —dijo Lucifer mientras se regeneraba.

Ethan tomo del brazo a Ema para cruzar el portal mientras Lucifer no podía ver.

—Rápido, apágalo —dijo Ethan.

Ema se puso manos a la obra, entonces Lucifer saco la cabeza desde el portal.

—Hola, no crean que se podrán deshacer de… —dijo Lucifer antes de que Ema cerrara el portal decapitándolo.
—Eso estuvo cerca —dijo Ethan.
—Ahora solo debo calibrar esta cosa —dijo Ema.

23 FINAL DE LA CACERÍA

Ema estaba calibrando el portal y cuando estuvo listo dijo –Dejare un explosivo pegado a los controles, lo detonare al salir de aquí

-Bien –dijo Ethan -¿Esta calibrado por tiempo? –pregunto

-No, es por control –respondió Ema mientras le mostro el detonador

Entonces el Ethan que veía Ema desapareció y el Ethan original le atravesó el pecho con una espada y le quito el detonador.

-Traidor –dijo Ema y escupió sangre

-No es personal, fui contratado por una organización y por una persona para que te matara –dijo Ethan

-Debí imaginarlo… –dijo Ema y dio su último aliento

-Debo llevar evidencia –dijo Ethan y le corto la cabeza al cadáver de Ema para después materializar una cuerda para amarrarla a su cinturón

Cruzo el portal y al volver al mundo real en el presente detono el explosivo cerrando el portal, pero lo que no esperaba era que ese evento fue lo que provoco la onda expansiva en el pasado que fusiono las realidades.

94

Exploro la ciudad y vio que Alan caminaba hacia el edificio del comité.

-Alan, complete el encargo –dijo Ethan mientras se acercaba caminando hacia él

-¡Quieto! –grito Alan mientras le apunto a Ethan con una pistola

-Baja el arma amigo –dijo Ethan mientras levanto ligeramente las manos

Entonces Ethan sintió algo similar a una inyección en el cuello, se quitó lo que lo pincho y vio que era un dardo tranquilizante.

-Mierda… –dijo Ethan y cayó al suelo

Mientras perdía el conocimiento vio como otra Ema y otro Esteban iban a donde estaba.

-Ahora si la cague en grande –pensó Ethan y quedo inconsciente

Mientras tanto en la línea temporal original de Ethan…

Todos creían que Ethan había muerto la noche en la que realizaron el ataque contra Ema, ya había pasado una semana de lo ocurrido y se estaba arrestando a todos los políticos que habían colaborado con ella.

Rolando empezó a mejorar su traje agregándole algunos artefactos, además de que ya parecía más una armadura que un exoesqueleto.

Sasaki volvió a su tierra natal.

Oscuridad Viviente logro escapar aquella noche y había iniciado una pandilla.

Mientras que Toxic volvió a los Estados Unidos.

Y Yuls obtuvo una beca para sus niveles de estudio restantes… En Pacific City.

Esta historia continuara…

www.ingramcontent.com/pod-product-compliance
Lightning Source LLC
Chambersburg PA
CBHW052112150726
48002CB00006B/2323